JN189151

めぐみへの誓い

野伏翔

展転社

はじめに

平成二十五年「めぐみへの誓い」二回目の公演の稽古中のことである。十三歳の中学生横田めぐみさん役が、北朝鮮工作員につかまり頭から袋をかぶされ船に積み込まれるシーンに至った時のことだ。私の座っている演出席近くで「ガン！」とテーブルを叩きつける音がした。普段芝居の稽古中は劇場の中と同じで、演技者の声と音響効果以外の音を発する者はいない。本番では無音の空間が「間」を生かし観客の想像を広げる。だから稽古中も私語、雑音のたぐいは禁止という不文律がある。だが「ガン！」というテーブルを叩く音に続いて聞こえてきたのは「ウウウッ……」という嗚咽を忍ぶ声だった。

実はこの日、横田めぐみさんの父上滋さんが稽古場に陣中見舞いに来ておられたのだ。滋さんはこの演劇の初演された平成二十二年の本番もご覧になった上で再演に協力してくださっていたのだが、何度見てもこの拉致のシーンでは怒りを抑えることができず、身を乗り出し目に涙を浮かべてこぶしを握り締めておられた。一方、母上の早紀江さんは記者会見その他の協力はしてくれるものの、この演劇は怖くて観ることができないと仰り、私の作る他の舞台は観に来てくれるのだが、「めぐみへの誓い」だけは未だにご覧になったことがない。

確かにこの芝居はご家族にとっては観るに辛いものがある。だが、ご家族が安心して観ていられるような拉致問題の演劇を作る意味はない、というのが私の最初からの考えであった。

何の罪もない普通の生活をしていた日本人が、ある日突然何の前触れもなく暴力によって拉致される。真っ暗な船底に何十時間も拘束され、たどり着いた先は言葉も通じない常識も全く違う国であり、洗脳教育により首領様への絶対の忠誠を誓わされる。強制収容所、強制労働、密告、連座制、公開処刑といった独裁体制の恐怖と常に背中合わせの人生をかろうじて生き伸び、今か今かと日本からの救出を待ちわびている日本人被害者たちの現在の姿を描かずして何の意味があるのか？　という思いでこの戯曲を書いた。そしてこの演劇を観る人たちに拉致被害者たちと同じ疑似体験をしてもらうことこそが、拉致問題の真の「理解」となると信じた。

幸いにこの演劇を支持してくれる方は多く、当時の拉致問題担当大臣であった古屋圭司議員の発案で政府拉致問題対策本部主催公演となり、平成三十年の現在に至るまで全国を回って公演活動を続けている。だが未だ拉致問題の解決には至っていない。それどころか何らの進展もないのが現状である。進展がないということは時間だけが過ぎていく分、事態は悪化しているということになる。なぜ解決できないのか？　遡って考えれば、なぜこれほど多くの人が拉致されてしまったのか？　なぜ拉致の事実がありながら長い年月救おうとしなかったのか？　なぜ？　なぜ？　と考えるうちに、拉致被害者救出運動に関わった人皆が感じる、戦後日本社会の根幹に横たわる問題に気づかざるを得なくなってくる……。

本書に収められているオリジナル戯曲は現在内閣府主催で全国公演している「めぐみへの

誓い―奪還」より一時間近く長い内容になっている。そこにはより具体的な拉致実行の有り様、家族や救う会関係者の苦闘の歴史、北朝鮮での拉致被害者の生活が描かれている。この戯曲は拉致問題によって浮かび上がった、現在のわが国に於ける様々な欠陥を指摘すると同時に、理不尽な他国の国家権力により引き裂かれても決して諦めることのない、拉致被害者家族の愛への讃歌として書いた。

タイトルの「めぐみへの誓い」が、全拉致被害者奪還への日本国民全員の「誓い」となることを願って。

平成三十年八月十日

野伏　翔

目　次

カバーデザイン　古村奈々＋ZＡpping Studio
カバーイラスト　武藤高久

第一部　エッセイ

「めぐみへの誓い」――発端は

平成三十年二月十日、沖縄県宜野湾市で「めぐみへの誓い―奪還」を公演してきた。あまり知られていないが、沖縄県は石川県に次いで特定失踪者の数が多い県である。この特定失踪者というのは政府が正式に認定した拉致被害者には入らないが、警察庁が「北朝鮮による拉致の疑いを排除できない失踪者」として発表している八百八十数名の日本人のことである。昨年浦添市に公演に来た時もそうだったが、沖縄では会場から熱い声がかかった。芝居のラスト近く、横田滋さん役の原田大二郎が娘を取り返せない父親の苦悩を訴える場面では、客席から「頑張れ！」と声がかかり、その後のカーテンコールの時は拍手の渦の中に「ありがとう！　ありがとう！」と叫ぶ声が聴かれ、舞台でお辞儀をしていた出演者たちの方が皆涙ぐんでしまっていた。

平成十四年の小泉訪朝時に蓮池夫婦、地村夫婦、曽我ひとみさんの五人の帰国者はあったものの、その時に政府、外務省は北朝鮮の報告を何の検証もせず、「その他の拉致被害者、横田めぐみさんや田口八重子さん、増本るみ子さんたちを死亡、あるいは未入境」と伝えた。だがその後、偽の死亡診断書や偽の遺骨が送られてきて北朝鮮の嘘が判明し、国民の怒りは頂点に達したかに見えた。しかし、それ以降は何の進展もなく一人の拉致被害者が帰ってくることもないまま時が流れてゆき、このままでは拉致問題は風化し、人々の記憶から忘れ去られていきそうであった。私がこの演劇を作ろうと思ったのはその頃である。

「お前右翼か?」。私がこう言われたのは当時劇団の稽古場があった中野駅近くのガード下にある居酒屋でのことだった。新劇界では先輩に当たる俳優二名と大御所の美術家との四人で軽く飲んでいた時のことである。話題が拉致問題になり、私も熱く語っていたのであろう。いきなり先輩の一人Aが「君はどうしてそう拉致問題ばかりに夢中になるの? アフリカには飢えた子供たちがいっぱいいるんだよ」と来た。Aは若いころから多少は名の売れていた俳優であったが、赤旗を購読する環境にどっぷり浸っている男だった。私は、拉致問題はただの誘拐事件ではなく、日本の主権を侵された大問題であり、もっとずっと多くの日本人が拉致されているらしいということ、日本国内に内通者がいて拉致が実行されてきた点などを詳しく説明し、丁度その時持っていた「これでもシラを切るのか北朝鮮」という、石高健二氏が命を懸けて調べ上げた渾身のレポートである本を見せた。Aはその本をパラパラとめくっていたが「こういうのよくあるんだよ。この前は南京虐殺の証拠写真はでたらめだという本があったけど、それこそが捏造だという証拠が書いてある資料を読んだ。納得したよ」と嘯く。その時、美術家が口をはさんだ「こいつね、南京虐殺はなかったなんて言ってるんだぜ」「本当? おいおい気持ちはわかるけどさ、ものを作る人間がそれじゃ困るよ」とAが先ほど渡した本をポンとテーブルに投げ出した。……私の内部に変なアドレナリンが駆け巡る。その時、それまで黙って聞いていた一番先輩格のBがテーブルの本を手に取りながら口を開いた「お前右翼か?」……私はそれでもまだかろうじて先輩たちへの礼儀は守ろうとしていた。そして「右翼ってなんですか? その定義は?」と聞いた。すると三人はフランス革命がどうの、ジャコバン党が右に座ったとか、いや左だったとかなんとか騒いでいたが、Aが「結局あれだよ、右翼は天皇制賛成だな」美術家「産経新聞読んでる奴」B「要するにバカだな。産経の記事やこんな本の受け売りする奴とは仕事できないぞ!」と言って、その本を私の胸に投げ返した。その瞬間、私の右手がBの胸ぐらを掴んだ。掴んだ瞬間「……おっと手を出したらまずいな」と思い手は放したが、謝るのはしゃくだから大声で怒鳴りつけて三人を店から追い出した。三人の中の誰かが「お前の気持ちはわかる」とか「やっぱり右翼だ」とかなんとか言いながら出ていった。……これ以外にも、他の人間とも似たような議論が数回あり、私と新劇の先輩たちとはますます縁が薄くなっていった。

その後、本格的に資料を調べ、脱北者や研究者、拉致被害者家族の話を聞き「めぐみへの誓い」の脚本を書くことになるのだが、調べれば調べるほど拉致問題は北朝鮮の問題以上に、日本国内における国家としての欠陥にその原因があるがことがわかってくる。国民の命よりも国交正常化による名誉と利権を欲しがる官僚と政治家たち。在日のある種の勢力におもねり真実を報道しようとしないマスメディア。そして、同胞愛というものも愛国心というものも全く持ち合わせない、A、Bのような戦後民主主義の優等生たち。

戦いは果てしないが、今回の平昌オリンピックで見せてくれた、日の丸に敬意を払い誇りを持つ羽生結弦選手をはじめとする、日本の若い世代に期待を繋ぎたい。

（初出：「やまと新聞」平成三十年二月号）

半島への視線

十一月七日午後、アメリカのトランプ大統領は初めてのアジア歴訪の地日本で華々しくも和やかな歓迎を受け、日米の強固な同盟を確認した後、韓国に向かった。その後のかの国での一連の出来事は誰もが知る通りである。文大統領との会談は通訳を交えて十分足らず。晩餐会では「独島エビ」と称する日本海竹島から盗んできたエビを供され、李何某とかいう元従軍慰安婦を自称する売春婦の老婆に抱きつかれた。困惑顔のトランプ氏はハグしてくる老婆の肩を右手で抑えて身体の接触は防いだ様子だ。映像には文大統領の握手を無視する場面もあった。そうするのも当然である。この度のアジア歴訪の最優先課題は核・ミサイル開発に狂奔し、日米韓を汚い言葉でののしり続ける北朝鮮金正恩政権への対応を協議し、同盟国の結束を確認するためのもの。この席で日本を貶めてどうする？　韓国の理不尽で常識に欠ける様々な行動には、近年日本人の多くが気づいてきたが、この度のあまりにも常軌を逸した行動は、アメリカは元より全世界に広まったことだろう。

引揚者の息子である私は韓国に対してはある種複雑な感情がある。シベリア出兵後の軍縮により退役した祖父は幼年学校から陸軍士官学校を出た職業軍人であったが、その祖父の赴任先が、当時できて間もなかった京城帝国大学であった。国史と戦史の講師という身分であったという。その息子である私の父は、生まれは東京の大森だが小学校から京城で過ごし、終戦時には朝鮮総督府に勤務していた。母は京都で生まれたが日本に近い朝鮮半島の南端の町馬山で育った。終戦時は小学校の教員であった。二人は戦後引き揚げてから見合い結婚をした。二人とも生まれは日本であったが、小学生から二十代の多感な時期を朝鮮で育った。だから二人でよく朝鮮を懐かしんでいた。父の育った京城の冬はとても寒くてまつ毛が凍るほどであり、町の中心に流れる漢江という大きな川が凍りつき、皆でスケートを楽しんだそうだ。しかし、十年前に私が仕事で初めて渡韓した折聞いたところでは、現在漢江に氷が張ることはないそうである。やはり地球は温暖化しているのだろう。母の育った馬山は対馬海流の影響で温かく、子供のころから真っ黒になって海で泳いでいたそうである。あの世代の女性には珍しく水泳が得意であった。海でいくらでもフグが釣れたとよく話していた。そして、どちらにしても朝鮮は空気が乾燥しているせいか、とても空が青く澄んでいたとも話していた。最近は中国大陸から汚い煤煙が流れてきて韓国の空も汚染されていると聞く。残念なことだ。

戦前「内鮮一体」の理想に使命感を燃やして玄界灘を超えた日本人は多かった。父に聞いた話では総督府には上司も含めて朝鮮人の役人も多く、終戦後途方に暮れていた彼らと仕事の引き継ぎをした時は、まさに一つの国家が分断され引き裂かれる思いがしたという。まだ父が存命であった頃、ニュースでいわゆる「従軍慰安婦」についての話題が持ち上がった。日本軍が二十万の朝鮮の少女を強制連行し軍の性奴隷にしたという、吉田清治と朝日新聞が火を付け韓国がヒステリックに叫び出した日本への冤罪である。これなどは苦笑するばかりで大して反論もしなかったが「朝鮮人の中には平気でそういう嘘をつく奴がいることは確かだ……」と寂しそうに言っていた。

当時の朝鮮には日本では「県」に当たる「道」が十三あり、終戦時日本の県知事に当たる道長十三人のうち五人は朝鮮人であった。その上、警察官の三分の二以上が朝鮮人。しかもこのいわゆる「従軍慰安婦」問題は日本統治時代はもちろん、東京裁判でも日韓基本条約締結の時でさえ議題に上がったためしがない。父が反論するのさえ馬鹿馬鹿しいと思ったのも当然であろう。ここまでのフェイクニュースを、現在に至るまで韓国の正史のように吹聴し、アメリカの大統領に抱きついてまで世界に拡散しようとする、かの国の恥知らずぶりにはあきれるばかりである。そして年齢も証言も常に食い違う詐欺師のような偽の「従軍慰安婦」たちの肩を持つ反日売国野党と多くのマスコミ、安易な妥協で謝罪の言葉を述べてしまった河野洋平と宮澤喜一たち無責任な政治家たちの罪は限りなく大きい。

父も母も朝鮮はいわば子供時代から青年期の多感な時代を過ごした懐かしい故郷であり、それを悪く言うことはほとんどなかった。引き揚げ時にも馬山の母の実家では小作人たちが自警団を作って日本に引き揚げるまで見守ってくれたという。だが父の京城の家では庭の柿の木に近所の若い男が登って柿を食べているので「こら！」と叱ったが「これは朝鮮の柿だ。食べてなぜ悪い」と言われたそうである。もっとも北からの引揚者の苦労は筆舌に尽くしがたいものがあったと聞いていたそうだ。終戦前でも、仕事で北の平壌への出張の時などはとても緊張を強いられたそうである。街の人々の中に明らかに日本人に対する敵意を持った者がいると感じたそうだ。

それと、父が子供心にショックを受けた話がある。ある日、大八車に荷物を積んで牛に曳かせていた男がいた。その日は夏の暑い日で牛は疲れてきたのだろう歩かなくなってしまった。男はその牛に鞭を当てて歩かそうとしたが、言うことを聞かない。怒った男は大声を上げてどこかから棍棒を拾ってくると、何やら朝鮮語でわめき立てながらその牛をメッタ打ちにし始めた。そして、ついには悲しく泣き声を上げる牛を殴り殺してしまった。「あんなことは日本人ならあり得ないな……」と父は語っていた。

それにしても両親から聞いていた朝鮮と現在の韓国には大分大きな開きを感じる。戦前の日本という上位の存在に対する遠慮と、戦後敗戦国となりまともな武力を持たない存在としての日本への侮蔑という違いが、彼らのゆがんだ儒教精神から来ていることは、ケント・ギルバート氏の論を俟つまでもないだろう。それに戦後の韓国の反日教育が一段と拍車をかけ、今や反日は民族のアイデンティティーと言えるところまで来ている。自分たちで国を作ったわけではなく、日本に勝ったアメリカから棚ボタで政権をもらった韓国の初代大統領李承晩は、戦前戦中からの反日闘争でこの国を打ち立てたという、虚構の建国神話を作った。その点は一九二〇年代に抗日パルチザンとして名をはせた伝説の英雄金日成を名乗ってソ連軍に担がれた男が建国した北朝鮮と同じ、流石は同じ民族である。

もはや私の両親が懐かしんだ朝鮮が戻ってくることはない。近い将来韓国は北に飲み込まれて、核保有国になった！　と快哉を叫び統一朝鮮ができるのか？　あるいは米軍により徹底的に破壊された北とともに再び世界の最貧国に落ちるのか？　あるいは中国かロシアの支配下に入って得意の属国として生き延びるのか？　今の時点では誰にもはっきりした予測はつかないが、日韓併合の愚だけは決して繰り返してはならない。

我々日本人としてはただ静かに半島の情勢を見つめ、拉致被害者奪還の一瞬のチャンスを逃さぬことだけが肝要である。そして最悪の時代を見越して、悪意ある核保有国に囲まれて恫喝される時代に備えて、国防力の充実と真の独立のために力を尽くさなければならない。

（初出：「やまと新聞」平成二十九年十一月号）

アホウドリ

緑輝く新緑の季節が到来した。日本の春は美しい。庭の枝垂れ桜の葉の緑も、赤や黄色い花が開いたバラも、名も知れぬ草々も、そのすべてが陽光にきらめき爽やかな風に揺れている。

だが今、この国の何もかもが沈黙し、停滞している。拉致問題解決に向けた進展が止まったままである。憲法改正の議論が止まっている。野党の審議拒否で国会の審議が止まっている。今も続々と漂着してきている北朝鮮からの木造船、尖閣周辺をわが物顔に遊弋(ゆうよく)する中国船に対し、打つ手のないままの状態が続いている。新潟や北海道の土地が中国資本に、対馬の土地が韓国資本に買い占められている。しかし、政府は何ら法的な処置を講じていない。国難に対するすべてが止まっている。

一方、海外情勢はめまぐるしく変化している。四月二十七日には板門店で南北首脳会談が開かれ金正恩と文在寅が会談する。デザートのチョコレートには反日のシンボルである竹島が描かれるという。六月にはトランプ大統領と金正恩による初の米朝会談も開かれる予定だ。これらの歴史的会談により東アジアにどのような変化が起こるのか？　良いことが起きることを望むが、逆に悪い結果になるとの予想の方が大きい。日本にとって最悪の結果が出ることも視野に入れて、あらゆる対策を講じておかなければならない。だが、止まっている。巨大な坩堝(るつぼ)の中心で、または台風の目のように、渦中にいて渦に気づかず、ただ阿呆のように沈黙を守っているのが現在のわが日本の姿である。

阿呆と言えばアホウドリという鳥がいる。この鳥は目の前で仲間が殺されていても救けもせず逃げもせず、自分が殺されそうになった時だけはバタバタするぐらいで殺されてしまうというのが、その名の由来だそうである。八百人を超えるという同胞を北朝鮮に拉致されて四十年以上、助けもせず逃げもせず、テレビのアホ番組を見て笑っている今の日本人は、まさにアホウドリの化身ではないかと思えてくる。せめてもの希望はネットによる情報で真実を知る人たちが、とくに若い層に増えている点ではあるが……。

四月一日に上野で、救う会埼玉主催による拉致被害者救出のための署名活動に参加してきた。当日は天候に恵まれ上野の山に花見に来る人も多く、大掛かりな署名活動であった。私も劇団員たちと一緒にお手伝いした。救う会による署名はすでに千二百万筆を超えており、これ以上署名の数を増やすことにどんな意味があるのか、という疑問の声もある。しかし、多くの政治家やマスコミが無視を決め込む、この日本人存続の生命線とも言うべき拉致問題の存在を叫び続けることの必要性がある。通行人の圧倒的多数は我々を無視して通り過ぎるが、それでも女性の呼び掛けには比較的反応してくれるようなので、私はあまりしゃべらずチラシ配りをしていた。すると劇団員のある女性が、アメリカ人らしき中年の男が何か質問してきたのだが、英語がわからないから代わってくださいと頼んできた。そこで私が拙い英語で説明したわけだが、「拉致」を意味するアブダクションという単語が思い出せず、キッドナップ・フロム・ジャパン・ツウ・ノースコリア・サイン・プリーズなどと言ってみたが相手は怪訝な顔をしている。さらにジス・イズ・ア・ビッグ・クライム・ナショナル・クライムとか色々と言ってみたが、彼は理解できないと言い、その後も早口でまくし立て、やがて首をかしげながらその場を去って行った。最初、私は自分の英語が全く通じないのかと思ったがそうでもなく、彼に言わせると、「十三歳の日本人の子供がさらわれたことも、それから四十年も経つこともそれはわかった。でも、それなら君たちは今どうして署名なんか集めているのだ？　日本政府は国民をさらわれても署名が集まらないと取り返しに行かないのか？　俺には全く理解できない！」という意味のことを喋っていたようである。……確かに。外国人ならだれでもそう思うだろう。日本はおかしい！

拉致被害者救出の署名活動に参加した者が驚くことは、圧倒的な人の波の流れ、その無関心さである。足を止めてくれる人は百人に一人いれば良い方である。中年以上のどちらかと言えば上品な主婦層は比較的反応が良い。これはやはり横田早紀江さんの母性に共感してのことだという気がする。その点、男たちの反応は鈍い。「横田めぐみさんは十三歳で拉致されました！」「田口八重子さんは一歳と三歳の乳飲み子を残して拉致されました！」「八百八十数人が！」といくら呼びかけても馬耳東風、我関せずの男がほとんどである。私は男の存在価値とは女子供を守ることにしかないと思っている。戦うことを否定され続けてきた日本の男たちの父性に火をつけること。それが私の啓発活動の目的と思える。

（初出：「やまと新聞」平成三十年四月号）

トランプ演説を聞いて車を停めた

私は毎朝、高校生の娘を駅まで送るために車を運転する。そして必ずカーラジオで朝七時のニュースを聞くのが習慣になっている。

平成二十九年九月十五日朝七時、北朝鮮が日本上空を飛び越えるミサイルを発射したとのニュースが流れた。北海道から東北、北関東の各県で現在Ｊアラートを鳴らしているとの報である。これまでにもＪアラート放送のあったことや、秋田県での避難訓練の様子などは聞いてはいたが、リアルタイムで「北朝鮮が発射した飛行体が日本上空を飛んでいます。お近くの建物や地下に避難してください」というアナウンスを聞いたのは初めての経験であり、少なからず緊張を強いられた。直接Ｊアラートを聞いた人たちの不安はどれほどのものかと思う。

その翌週には国連でトランプ大統領が拉致問題に触れたニュースがあった。「北朝鮮は日本の十三歳の少女を拉致して工作員の教育係としている。そしてすさまじい人権抑圧国家でもある……」と言った主旨の言葉である。私は近年「めぐみへの誓い―奪還」という演劇の公演を続け、街頭での署名活動を始め、多少は拉致被害者救出運動に関わりがある。そして最近、世間でこの拉致問題への関心が薄れていることを実感し、同胞の生命の安否に無関心な現代の多くの日本人に対して、少なからず焦りと不満を覚えていたところだった。

そんな折、予想もしていなかった、トランプ大統領の横田めぐみさん拉致への言及だった。私はこのニュースを聞いた時、不覚にも涙で目の前が曇り、側道に車を停めた。そして、しばし車の中で自分の心を分析してみた。「トランプの言葉はどんな政治的思惑があるにせよ嬉しいものだった。だが、それはどうしてか？　この涙は日本の政治家のほとんどが、北朝鮮に核で恫喝されている時代に日本人拉致の問題に言及せず、実質的には被害者を見捨てている現状に対する怒りの涙であり、自国民の命を守ることさえ自力ではできず、米国に頼らざるを得ない日本の現実を目の当たりに見せつけられた、悔し涙でもあったのではないか？」と。

この思いは後日確信に変わった。この観点から見ると今の日本という国は独立国とはとても呼べない惨状の中にある。総理大臣が、外務大臣が、防衛大臣が、揃いも揃ってアメリカ軍人の眠るアーリントン墓地をお参りする。たった一つしかない尊く若い命を犠牲にしてわが国を守ろうとした、日本の英霊の眠る靖国神社には参拝せずに、かつての敵国であり、多くの日本人を焼夷弾や原爆で惨殺した敵国の軍人の墓を詣でる。現代のアメリカが韓国や朝鮮、中共よりは、はるかにましな国であることは認める。「昨日の敵は今日の友」という心も美しい。しかし、男なら、いや女でも、人間なら最低限の筋を通すべきである。意地を張り、誇りを保つべきである。それが先祖の名誉を守り、国の安全と子供たちの未来を保証する大人の務めである。先述のＪアラートにしても何か釈然としない。ないよりはあった方がいいに決まっている。しかし、警報はあくまで避難警報である。避難だけ、逃げているだけで核攻撃が防げるわけはない。避難訓練も大切だがそれ以前に敵基地攻撃の訓練、侵入工作員に対する民間防衛訓練、抑止力としての核戦略の議論が必要である。

一昔前ならこんなことを言うと余程の心配性か軍国主義者と思われただろうが、今は明らかに日本の危機的状況が見えているではないか。わが国はどこからどう見ても考えても、敵意をむき出しにした特亜三国に領土と資源と技術を狙われている。中共、朝鮮、ロシアという核保有国、そして韓国も決して日本の味方ではないことは今や明らかである。この数年、この豺狼(さいろう)どもがついに牙をむき出しにしてきたというのが、普通にテレビ以外の情報を持つ日本人の実感である。今こそ私たちの国日本を元の姿に戻さなければならない。そうしないと、我々の前途には滅びしかない。

私が書いて演出している「めぐみへの誓い―奪還」という演劇を持って、十月から地方を回る。十月は佐賀県伊万里市と広島市、十一は月秋田県横手市、十二月は福井県小浜市と宮城県多賀城市、来年（平成三十年）二月には沖縄県宜野湾市。

警察庁の調べでは、北朝鮮による拉致の疑いが排除できない失踪者は八百人以上だという。これほど多くの日本人がなぜ拉致され続けたのか？　五人の拉致被害者を取り戻した平成十四年の小泉訪朝からすでに十五年も経っているのに、その後なぜ一人も救出できていないのか？　一人の人間を拉致するには実行犯だけではなく、情報提供者や国内での協力者が最低三人は必要という。八百人の三倍は二千四百人。どうして未だに一人の逮捕者も出ないのか？　拉致被害者は北朝鮮だけでなく日本という、国家の体をなしていない国の犠牲者と言って間違いない。

朝鮮総連を野放しにし、スパイ防止法もないままパチンコマネーによる不正送金で核開発を許し、財界人は裏取引、政治家はハニートラップにひっかかり、献金、ディベート、数々の在日圧力に屈服しつづけるうちに、今や芸能界は言うに及ばず、政界、経済界、マスコミ界、教育界、最近では法曹界までもが北の工作の手に落ちていく有様である……。こうした数え上げればきりがない日本の堕落と弱体化の犠牲者こそが、横田めぐみさんたち何一つ罪のない日本人拉致被害者たちなのである。

（初出：「やまと新聞」平成二十九年九月）

花も嵐も踏み越えて

十月二十一日土曜日、東京虎ノ門にあるニッショーホールで「正論シネマサロン」が開催された。この映画会は毎年一度産経新聞社が主催しているもので、昨年も日本トルコ共同制作映画「海難１８９０」という映画を上映しているが、今年は拉致被害者横田めぐみさんが十三歳の中学生だった時新潟の海岸から北朝鮮に拉致されてちょうど四十年ということで、私の作った演劇「めぐみへの誓い」を上映した。この作品は正確には映画ではなく、舞台劇の記録映像である。私は自分の作った舞台劇の記録映像を見ることはまずない。舞台劇は劇場という空間で、演者と観客が作り出す濃密な空気を共有する喜びに、わざわざ劇場まで足を運ぶ価値があるのであり、記録された映像には舞台照明の微妙な色具合で光と闇の奥に想像するプラスアルファの何か、というものがなく、映像を見ることによって本来の舞台劇の鮮明な記憶が薄れることを恐れるからである。だから本来、映像は映像を目的に創られた「映画」でお観せしたかったが、現時点ではこの舞台映像で我慢していただくことになった。

当日は衆議院議員選挙投票日の前日、しかも大型の台風が東京に接近とあって、朝から雨風が強く観客の入りが危ぶまれたが、まずまずの人数が入った。上映に先立ち、私は短い作品解説をし、その後客席に移り、この映像を鑑賞した。作品は心配していたより丁寧に編集されており、ほっとした。内容は横田めぐみさんと田口八重子さんを中心に被害者とその家族の悲劇と救出に向けての戦いを描いたものであるが、外務省の怠慢や心ない政治家の姿、無知で理解のない自称リベラリストの中傷と妨害など、日本国内の敵の姿も遠慮なく暴いたものであり、上演後、壇上で講演された元産経新聞記者の阿部雅美氏も「皆さんこの作品は二回観ましょう。辛くなるので三回は観なくていいから、二回観てください」と仰っていた。

阿部氏は昭和五十五年に日本で最初に「拉致問題」の存在を記事にした新聞記者である。その功績は私の芝居の中でも明らかにしているが、拉致の存在に気づきながらも触らぬ神に祟りなしとばかりに無視し沈黙を続けてきたメディアの中にあって、「アベック三組謎の蒸発」の記事を書いた阿部雅美氏と『これでも白を切るのか北朝鮮』の著者、大阪朝日放送の石高健二氏の存在がなかったら、拉致の存在はさらに長く闇に葬られたままになっていたであろう。

北朝鮮による日本人拉致は古くは昭和三十八年に能登半島沖で漁に出たまま拉致された寺越武志さんから始まり、一九七〇年代がそのピークであった。現在の警察による「拉致の疑いの排除できない日本人行方不明者」の数は八百六十数名、国連の人権委員会の発表では優に千人を超える拉致被害者のいる可能性があるという。そして昭和五十五年には阿部氏が記事を書き、昭和六十三年には梶山静六国家公安委員長が国会で北朝鮮による拉致の存在を認めているにもかかわらず、多くのメディアは拉致の存在を無視し、平成十四年小泉訪朝時に金正日が拉致の事実を認めるまでは、拉致事件をあくまでも「拉致疑惑」と称していた。朝鮮労働党の友党であった社会党や共産党は言うに及ばず、当時の自民党の古狸議員も同罪である。訪朝時に拉致に全く言及しなかった金丸信はもちろん、横田早紀江さんたちの必死の懇願を無視して、野中広務、河野洋平、加藤紘一といった議員たちが推進したコメ支援の額は、何と千六百七十三億円にも上る。この米が北朝鮮の人民に行き渡るわけはなく、転売され、核開発に使われたことに間違いはない。

拉致問題を探っていくと、戦後日本の醜悪で卑劣な裏面に突き当たる。当時の日本政府はシン・ガンスという、日本人原さんを拉致した大物スパイが韓国で逮捕されてもその罪を追求しようとせず、菅直人に至ってはシンの助命嘆願書にサインまでした。韓国情報部から田口八重子さんの情報を受けているにもかかわらず、北朝鮮の「そんな女はいない」の一言であっさり引き下がる。朝鮮銀行が破綻した時わが国は日本国民の血税を一兆四千億円も注ぎ込んでいる。これは日本人一人当たり一万円を超える額である。どう考えても異常である。様々な利権と、捏造された歴史観に対する間違った贖罪意識が拉致問題をここまで長引かせ、マスコミを牛耳られ、芸能界を食い物にされ、教育を破壊され、政界に進出され、今や法曹界まで支配されつつある。北朝鮮の核ミサイルによる脅威が表から迫っているが、裏では様々な工作活動が進行し、今や半ば成就していると言っても過言ではない。戦いはとうに始まっているのだ！

この「正論シネマサロン」と同時にもう一つの演劇公演があり、実は昨夜が千穐楽だった。「黄昏のメルヘン」と言って、戦前から戦中を通しての、ある作家夫婦の愛の葛藤を描いた純文学的な作品であった。特に歴史や政治と関係があるわけではないが、「愛すれば時には身を引くことも愛」という日本的美徳に溢れる芝居だった。劇中古い歌謡曲が数多く流れるが、今もこの歌詞が私の中でリフレインしている。

「花も嵐も踏み越えて行くが男の生きる道」。

（初出：「やまと新聞」平成二十九年十月号）

親友より戦友！

桜の蕾もほころんで、もうしまっても大丈夫だろうと思い、マフラーや手袋毛糸の帽子などを洗濯に出した翌日の三月二十日、関東の気温が急に下がり、花冷えの東京には雪が降った。東京町田市ではすでに桜が開花しており、雪と桜が同時に舞う「共演」を楽しめたという。

雪と桜が同時に舞うと言えば、劇作家清水邦夫の「タンゴ冬の終わりに」という戯曲のことを思い出す。ストーリーは、全盛を極めていた中年の舞台俳優が、肉体の衰えと台詞の暗記力の低下によりノイローゼ状態に陥り、ある日シェークスピアの「オセロー」の本番の舞台上で突然引退を宣言し、郷里の北陸にある実家、古ぼけた映画館に帰ってしまうところから始まる。彼の妻は夫に正気を取り戻させようと思い、苦肉の策で、彼が書いたと見せかけた偽の手紙を出して夫の元愛人を呼び寄せる。やってきた愛人は、今や他の俳優の主演する「オセロー」のヒロイン「デズネモーナ」を演じるスター女優になっていた。だが男には、その若い愛人が思い出せない。しかしあるきっかけで、彼は今自分がオセローの舞台上の本番の最中にいると錯覚する。同時に今目の前にいる若い女が、舞台上にいるデズネモーナに見えてきた。劇のクライマックスは、嫉妬に狂ったオセローが愛妻デズネモーナの不義を疑い、殺害してしまう場面である。男はその若い愛人の首に両の手を掛ける「見苦しいぞ！動くな、デズネモーナ！」と叫びながら……。そしてラストシーン、狂った元俳優は幻のダンサーたちに導かれ、タンゴを踊りながら映画館を出る。外には雪と桜が同時に乱舞していた。

この芝居は蜷川幸雄演出、平幹二郎主演で上演され、その後イギリスでバネッサ・レッドリーブなどが出演し話題になった。私も「楽屋」「幻に心もそぞろわれら将門」などの演出で清水邦夫さんとはお付き合いがあり、ある日この「タンゴ冬の終わりに」の上演の許可をもらおうとした。だが「この劇の舞台は最初は田舎の分教場の設定で書いたんだが、蜷川君のアイデアで取り壊し寸前の映画館にしたんだよ。だから蜷川君以外の演出家に渡せないんだ」という答えだった。滅びの美学の極致を描くこのドラマに、地方の古びた映画館を舞台設定したとは大正解。さすがは天下の蜷川よ！　と納得し、「よくわかりました。それなら、映画ではどうですか?」と申し出たら快諾してくれた。北陸にシナリオハンティングして私の書いた映画用のシナリオにもいろいろ意見をいただいて、いざ撮影という段になった時、予定していた映画会社、東宝企画が倒産してしまった。当時、制作を担当した映画の興行的失敗の責任を取らされてのことと聞いた。映画用シナリオ「タンゴ冬の終わりに」は印刷されたまま今も私の手元にある。あまりにも純芸術的な企画なので、ＡＴＧの時代ならいざ知らずタイミングが難しいが、いつかチャンスがあれば撮影したいと温めている企画である。

映画と言えば、今こそ何としても実現したい映画がある。「めぐみへの誓い」である。横田めぐみさんや田口八重子さんを中心に拉致被害者たちの葛藤、朝鮮民主主義人民共和国と称する信じられぬほど人権を蹂躙している収容所国家の実態、同時に拉致という犯罪を許し隠蔽してきた日本国内の闇を暴き、さらには引き裂かれても愛し合う親と子の絆の尊さ、人間の尊厳を描く感動作を世界に訴えたい。私がこの題材を舞台劇として書いたのは、平成十四年の小泉訪朝により五人の拉致被害者が帰還したものの、その後政府認定の十七名の拉致被害者に限らず、八百八十数名と予想される北朝鮮の拉致の疑いの排除できない特定失踪者たちを、ただ一人も取り返すことができない現状に一石を投じたいと思ったからである。紀伊国屋サザンシアター、俳優座劇場と、初めの二公演は自分たちでチケットを売りさばいての自主公演であったが、その後三年間は内閣府拉致問題対策本部の主催公演として全国を回り、現在に至っている。お陰さまで劇場で観ていただいた人たちからの反応は良く、常に九割以上の満足度というアンケート結果をいただいている。だが、いかんせん観た人の数が少ない。演劇とは空間の芸術であり、いわゆる「媒体」とは言えない。しかし、映画は「媒体」でもあり世界を駆け巡るコミュニケーションツールとして、武器としての力を持つ。

かつてソ連はエイゼンシュテインの「戦艦ポチョムキン」などの映画を革命成就のために有効に活用した。現代においても米、中、韓、その他各国が映画には力を入れて国際世論に自国の主張、自民族の歴史の正当性を訴えている。昨年、韓国全土とアメリカブロードウェーで上映された「軍艦島」は、何と二十四億円という巨費をかけて作られている。その内容は、戦前戦中の昭和二十年代に長崎県端島炭鉱で働く朝鮮人たちが、日本の労務管理者と軍人による不当な差別と強制労働に虐げられたという、事実には全く反する捏造話である。軍艦島に強制連行されてくる船の中で朝鮮人たちは船倉に押し込められ、めちゃくちゃに殴られ水をかけられる。島に着いたら眼鏡も指輪もすべてを没収され、集団生活する家は畳から海水が染み出す。だが史実はこの全く逆で、鄭忠海著『朝鮮人徴用工の手記』によると、月給は百四十円という当時としては高給取りで、子供たちを学校に通わせ、夜は酒盛りを開いて広島産の牡蠣やナマコ、ネーブルやミカンなどをよく食べていたという。幸いなことにこの映画は出来が良くなく、あっという間に終息してくれたが、影響力のある名作を作られたら、日本にとっては極めて危険な印象操作がなされたに違いない。

昨今、いわゆる「従軍慰安婦強制連行」「南京虐殺」「徴用工強制労働」という明らかに捏造の歴史を世界に吹聴し、日本の歴史を貶め、祖国のために命を捧げた日本の英霊たちを辱めようとする中韓の活動は激しさを増すばかりである。習近平の権力掌握により、ますます外に敵を作らなければならない宿命を背負った中共。南北統一により核を持った一大反日国家高麗連邦の誕生も危ぶまれる朝鮮半島。日本が道徳的、人道的に許せない国家であるという自国民および世界各国への印象操作は、彼らの日本国家および日本民族殲滅(せんめつ)の大義となり得る。

全体主義、独裁主義の国に比べ我々自由を尊ぶ民主主義国家では、反対者の意見も聞くためすべての決定が遅いという弱点がある。映画制作でも、敵は国および国主導の企業グループが制作資金を出す場合が多い。だが、例えば日本で国が映画に資金を出したら、それは一般の映画館で入場料を取って上映するわけにはいかないという難しさがある。

そこで、この度秋田の救う会の人たちが中心となって「映画めぐみへの誓い実現プロジェクト」なるフェイスブックサイトを立ち上げ、運動を開始している。資金集めからロケ協力、宣伝、動員の協力などを真剣に討議してくれている。キャッチフレーズは「僕らはミサイルは打てないが、エンターテイメントを武器にする！」「政府も、マスコミも、映画会社も、誰もやらない。ならば俺たちがやるしかない。義のための映画作り‼」と頼もしい。舞台公演で全国を回り私は各地に素晴らしい知己を得た。地方には拉致という同胞の悲劇を自分の家族の不幸と捉え、愛する日本国の存続と繁栄のために真剣に粘り強く行動している、極めて優秀な人材が数多く存在する。この人たちとスクラムを組んでいく限り、日本がやすやすと中韓の餌食になどなるはずがないと思える日本人たちである。

男にとって真に必要な友は、親友ではない。戦友である。


（初出：「やまと新聞」平成三十年三月号）

第二部　戯曲「めぐみへの誓い」完全版

プロローグ

一場

広島・瀬戸内海の浜辺

暖かい春の日差し、砂浜に座っている横田滋、早紀江。（二〇一三年）

滋　疲れた？

早紀江　大丈夫……あなたは？

滋　全国何処に来ても、講演を聴きに来てくれる人が大勢いるからね、まだまだ疲れてなんかいられないよ。

早紀江　（微笑み）そうですね……懐かしいわ、この瀬戸内の海岸。

滋　みんなで来たね。あれは新潟に転勤になる一年前のことだから、一九七六年だ。……ずいぶん経つね。

早紀江　そうですね……ずいぶんになります。

滋　めぐみは未だ小学生だった。

早紀江　六年生。

滋　元気だったな……。

早紀江　色んな夢を語っていた……。

滋　あの波打ち際を、走ってた。

早紀江　そうです、よく走りました、あの子は……。

照明が変わる。

波打ち際を裸足で走る小学六年生のめぐみ（12）その後を追う双子の弟哲也と拓也（7）。

めぐみ　お父さーん、お母さーん。こっちこっち（手を振る）

その声に立ち上がる、三十七年前の滋と早紀江。

滋　めぐみちゃーん、写真写真！　こっち向いて！
ほら哲也と拓也も。

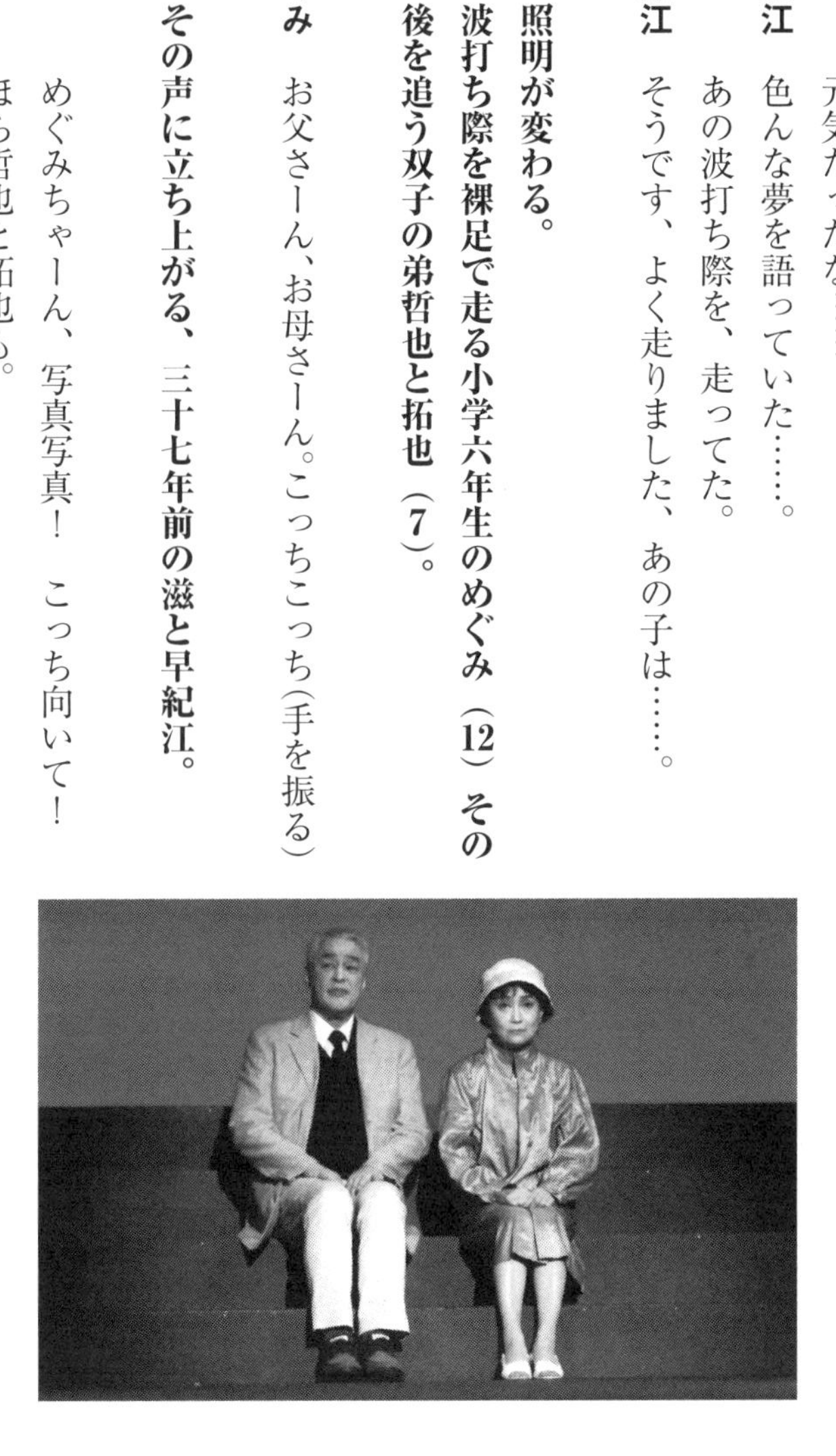

振り返り笑顔でポーズをとるめぐみと弟たち。

滋　（撮り）オッケイ。（早紀江に）めぐみちゃんまた背が伸びたね。

早紀江　来年はもう中学生、早いわね……。

滋　中学か……もうすぐ新潟に転勤だけど、転校のこと、めぐみはどう思ってるかな？

早紀江　大丈夫、スキーができるって楽しみにしてるわよ。

滋　そうか、そりゃ良かった。

その時ひときわ高い波の音がしてめぐみの姿が消える。

早紀江　あれっ、めぐみは？

滋　（周りを見回し）哲也、拓也、めぐみちゃん何処行った。

哲也・拓也　知らない。

早紀江　おかしいわね、めぐみ、めぐみちゃん何処？

滋　めぐみちゃん？

早紀江　（ふと不安になり大声で）めぐみちゃん！

と後方の岩の上に姿を現すめぐみ。

めぐみ　ここよ、ここよ！（手を振る）びっくりした？
すごいでしょ！（無邪気に手を振る）

滋　めぐみ、そこでじっとして、写真写真！

めぐみ　やーだよ（と走り去る）

滋　こら待て、オイめぐみ。めぐみちゃん（後を追う）

早紀江　……まったく、子供なんだから（笑う）待って‼

—暗転—。

二場

新潟柏崎海岸。夜。日本海の荒波が唸り、北風が吹きすさぶ海岸に、一見サラリーマン風に見える中年の男、辛元春工作員が降り立つ。辛、人待ち顔でタバコに火をつける。……と自動車の止まる音がして、中年の在

日朝鮮人女性、夏仙が駆けつける。

夏仙　よかった、本当に帰って来てくれたのね。……兄さんは、オッパはどう、元気にしてる？

辛　……遅い。

夏仙　ごめんなさい。少し道に迷っちゃって。

辛　言い訳は必要ない。時間は守れ。

夏仙　はい、すいません。……それでオッパは？　兄さんは？

辛　大丈夫。

夏仙　収容所に入れられる心配はなくなった？

辛　それは、君の協力次第だ。

夏仙　わかってる……。

辛、無言で夏仙を引き寄せる。二人抱き合うように車に向かう。

暗転。

一幕

一場

突然、明るいピアノの音で溶明。
めぐみ、くるくるとコマのように回り、晴れやかに踊り出す。——ここはバレエの発表会場——やがて踊りが終わり、盛大な拍手で暗転。

二場

横田家リビングルーム。若き日の父横田滋、母早紀江、めぐみより四歳年下の双子の弟、拓也と哲也がバレエの発表会から帰ってくる。

滋　めぐみちゃん良かったねえ、めぐみが一番良かったんじゃない。
早紀江　まさか、一番ってことはないけれど、でも上手だったわ。
滋　体柔らかいし、リズム感もいいし、第一可憐だよね。
早紀江　（笑い）もう、親ばかもいい加減にしてくださいよ。

滋　ところでめぐみは何してるの？
早紀江　フフ、何かいいこと考えてるみたいよ。
滋　いいこと？

めぐみ、駆け込んでくる。

めぐみ　お父さん！　明日お誕生日でしょう。はい、これプレゼント。おめでとう！
滋　エー嬉しいな、何だろう？（ふたを開ける）櫛だ。
めぐみ　これからはもっとお洒落に気をつけてね、お父さん。
滋　そ、そうだね、ありがとう。
めぐみ　いつまでも素敵でいてね。
滋　いやあー、はははは。
めぐみ　老け込んじゃ駄目よ。
滋　はいはい。……でもめぐみちゃんのバレエ、良かったよ。やっぱり続けたらいいのに、もったいないよ。
早紀江　そう思うでしょう、せっかく三つの時から習ってきたのに……。
めぐみ　だって、部活大変なんだもん。

滋　これからはバトミントンだけやるの？

めぐみ　うん。

滋　バトミントンか……？

めぐみ　……なあに？

滋　何でバトミントン？

めぐみ　面白いから。

哲也　ウンおもしろい。

拓也　おもしろい、おもしろい。

滋　そうかなあ……。

めぐみ　それにねお父さん、今度私、新潟県の強化選手に選ばれたんだよ。

滋　強化選手？

早紀江　あらすごいじゃないの、めぐみちゃん。

めぐみ　というわけで、お父さん、しばらくバレエはお休みね……またきっとやるから。

滋　そうか？　……じゃここでもう一度だけ踊ってみて。

めぐみ　ここで？　いやだよ。

滋　ポーズだけでいいから。

めぐみ　ええ……？

滋　ちょっとだけ。ね、お願い！

めぐみ　……じゃあ、ちょっとね。

めぐみ、音楽を口ずさみながら踊り出す。

滋　……いいねえ。（盛んにカメラのスイッチを押す。哲也と拓也も踊り出す）じゃま、じゃま、こら哲也、拓也！

めぐみ　（笑い）お父さんも一緒に踊ろうよ！

滋も子供たちと一緒に踊り出す。笑って見ている早紀江。幸せな家族五人の風景。

早紀江（N）　めぐみは、いつも明るく、楽しい性格の子供でした。四歳年下の双子の弟、哲也と拓也の面倒もよくみるし、友だちも多く、愛らしい、わが家にとっては一家の太陽のように温かく、光輝く娘でした……。

突然、「バン！」と、エンジンが爆発するような大きな音がして、横田家の団欒の風景が消し飛ぶ。

三場

日本海の荒波と吹きすさぶ北風の音。警察犬の吼え声が聞こえている。

早紀江（N） それは、めぐみが十三歳になって間もない、一九七七年十一月十五日のことでした。

夜の海岸。捜査中の新潟県警。刑事A、B、警察犬担当者……。早紀江、拓也、哲也中学のバトミントン部顧問佐藤明夫が、めぐみの名を呼びながらやって来る。

早紀江 めぐみ！ めぐみちゃーん！ めぐみ！

佐藤 横田、横田、横田！

拓也・哲也 お姉ちゃーん！ お姉ちゃーん！

早紀江 （刑事に）あの、警察犬の方はどうだったでしょうか？

刑事A お宅まで後一、二分のところで匂いが途切れていますね。

佐藤 ということは、横田君は何者かに車に乗せられて？ ……あ、私、中学のバトミントン部の顧問で佐藤といいます。

刑事A 先生ですか、（警察手帳を示し）私、新潟署の松本と申します。今日のめぐみさんに何か変わった様子はなかったですか？

佐藤 いいえ全く、いつもと同じように張り切って練習していました……。それに一緒に下校して、途中で別れた生徒たちにも聞いてみましたが、だれもが普段と変わった様子はなかったと言っています。

滋が駆けつける。

早紀江 どうでした、あなた？

滋 駄目だ。もしかしたらと思って親戚中に電話してみたけど、何処にも連絡は入ってないよ。やはり家出とは考えられない。

早紀江 警察犬で調べたら、この近くでめぐみの匂い

の後が消えているんですって。誘拐に間違いないわ。

刑事A　まだわかりませんよ、交通事故の線もあるし。

刑事B　交通事故の証拠隠滅のために、被害者を連れ去る例もありますからね。

早紀江　酔払い運転とか、無免許運転の被害にあったということですか……？

刑事B　その可能性はあります。

滋　だとしたら、タイヤの跡とか、血の跡とか、何か痕跡が残るはずですよね。（地面を探す）

刑事A　お父さん、それは警察の仕事ですから、私たちに任せてください。

滋　……はい。でももう少し探してみます。

早紀江　そうね、もう一度海の方探してみるわ。めぐみー、めぐみちゃーん！

哲也・拓也　お姉ちゃーん。

早紀江、弟たち、その後を追って、滋、佐藤もめぐみの名を呼びながら退場。
波の音が大きく響き、暗転。
早紀江のナレーションの間、海岸にめぐみを探す、早紀江、滋、哲也、拓也、その他、大勢の警察官たち、ボランティアの人たちの姿がシルエットで浮かぶ。

早紀江（N） その後、交通事故らしい痕跡は発見されませんでした。家出や自殺の理由はどうしても考えられず、営利目的の誘拐犯による身代金の要求もありませんでした。警察は公開捜査に踏み切り、空からはヘリコプターが、海中はボランティアのダイバーの人たちが潜り、新潟県警始まって以来というほどの大捜索活動で、それは一生懸命に探してくれたのですが……。

何の手がかりも発見されないまま、二十年もの歳月が流れ去りました。

一九九七年、一月のことです。

二幕

一場

玄関のチャイムの音で溶明。川崎の横田家リビングルーム。

早紀江　はい。

石高　初めまして。先日お電話した、朝日放送の石高といいます。（名詞を差し出す）今日はカメラを回したいのですが、よろしいですか？

滋　はい。……どうぞお上がり下さい。横田です。

早紀江　妻の早紀江です。

石高　ではお邪魔します。（カメラマンに）そこから撮って。

石高の指示でセッティングを始める撮影スタッフAB。

滋　先日共産党の議員さんの秘書だという、兵本さんという方から、石高さんがお書きになった、めぐみに関する記事を見せてもらいました。

石高 兵本さんは党からの調査費も出ないのに、殆ど自腹で北朝鮮による日本人拉致の調査をされています。今のところこの兵本さんと、今から十七年も前にアベックの誘拐未遂事件をスクープして、それ以来北朝鮮による拉致疑惑を追っている、産経新聞の阿部雅巳さん。そして私などごく少数しかこの拉致事件に関しては動いていません。しかしこの事件は本来、全マスコミ全国民が声を上げなければいけない問題やと思っています。

滋 これですね。（記事のコピーを示す）

石高 この文章は「現代コリア」という雑誌に、私が、「金正日の拉致指令」というタイトルで書きました。現代コリア研究所所長の佐藤克己さんが、去年の十二月に新潟に講演に行かれた時、懇親会の席で私の記事の話をしたところ、それは二十年前にいなくなった横田めぐみの

ことではないか、横田めぐみは生きていたのか？　という声があがったのです……。この本です。

食い入るように雑誌に見入る横田夫婦を残し、舞台暗くなる。

石高（声）　この事件は、きわめて凄惨で残酷なものだ。被害者が子供なのである。その事実は九四年暮れ、韓国に亡命した一人の北朝鮮工作員によりもたらされた。……その証言によると、日本の海岸からアベックが相次いで拉致されている。そして十三歳の少女が、やはり日本の海岸から北朝鮮に拉致された。何処の海岸かその工作員は知らなかった。少女は学校のクラブ活動だったバトミントンの練習を終えて、帰宅の途中だった。……海岸からまさに

脱出しようとしていた北朝鮮工作員が、この少女に目撃されたために、捕まえてつれて帰ったというのだ。……少女は賢い子で一生懸命勉強した。朝鮮語を習得すればお母さんのところに帰してやると言われたからだ。そして十八になった時、それがかなわぬこととわかった少女は、精神に破綻をきたしてしまった……。病院に収容されていた時に件の工作員がその事実を知ったのだった。少女は双子の妹だという……。

早紀江　めぐみちゃん！（嗚咽）

二場

新潟、夜の歩道。（客席通路）
遠く潮騒の音が聞こえる。バトミントンのラケットを抱え、重い鞄を持つ制服姿の十三歳のめぐみが一人で歩いてくる。めぐみ、道端に立つ二人の不審な男に気づき、足を速める。後をつける二人の男。めぐみ、駆け出す。追う二人。めぐみ二人に捕まる。必死に抵抗し叫び声を上げようとするが口を押さえられる。それでももがくめぐみ。丁の合図で丙が思い切りめぐみの腹を殴る。急におとなしくなるめぐみ。めぐみに猿轡をかませ袋詰めにし、肩に担いで闇に消える二人。

三場

「バン」とエンジンの爆発する音。夜の海、高速で走る工作船の中。めぐみを袋から出し猿轡をはずす。気絶したままのめぐみを下ろす工作員丁と丙、組長の辛。

辛　なんだまだ子供じゃないか。
丁　人通りが少なくてね、この辺りは。昼間は丁度よさそうな大人の女がいたので、車の中から手招きしてみたんですが、逃げられてしまいました……。
辛　まあいい、可能性があれば無制限にでもさらって来いという方針がある以上、点数は稼がなければな。……だけど生きているのかこいつ。内臓破裂でもしたんじゃないのか?
丙　そんなはずないですよ。おい、起きろ、おい!〔頬を叩く〕……駄目ですね……。
辛　しようがない、海に捨てろ!
丙　え、今ここでですか?　もう少し沖合いに出た方が……。
李　不自然だろう馬鹿、海岸近くだから事故か自殺に見えるんだよ。
丙　なるほど……。
辛　もっとも、漁船に乗り込んだ時に若い奴だけを拉致して、役に立たない年寄りを船

丙　ごと沈めるのは沖合いに限るがな。

辛　はい。

丁　速く捨てろ。

丙　ちょっと待ってください、（めぐみの背に膝を当て活を入れる。かすかなうめき声を上げるめぐみ）ほら、もう大丈夫だ、捨てることはない。

丁　……しかし潜入ってこんなに簡単にいくものなんですかね、拍子抜けしましたよ、今までの厳しい訓練は何だったのかってね。

辛　日本は特別だよ、南に入る時はこんなに甘いもんじゃないぞ。

丙　日本にはスパイ防止法がないからな、万が一見つかっても入国管理法違反で強制送還してくれる。しかも無線も乱数表も私物だから持たして帰してくれるよ。

辛　至れり尽くせりですね。でもこの日本人たちいったいどうするんですか？　捕虜ってわけでもないでしょ？

丙　日本には知らせないいんだから捕虜ってわけじゃない。工作員の日本人化教育に使うんだよ。

辛　日本人化？

丙　これからは日本人に成りすまして南に潜入する工作員がますます必要になる。或いは日本人として南の要人を暗殺する、海外でテロを仕掛ける。仕事はいくらでもある……。

丁　うまくいけばその度に南の反日感情が爆発する。一挙両得という奴だ。

丙　なるほど、頭いいですねえ。

その時、突然めぐみがすばやい身のこなしで海に飛び込もうとする。

丁　こら待て！

めぐみ　離して、いやだ、離して！

丁　せっかく助けてやったんだからおとなしくしろ。

めぐみ　いやだ、おうちに帰る。やめて、離して、離せ！

丁　このパカやろう！

丁、めぐみの頬を思い切り張り飛ばす。甲板に叩きつけられ泣き出すめぐみ。

丁 パカ、この恩知らずめが、うるさい、もう泣くな！ おい（丙に）こいつを船底に放り込め！

丙 わかりました！ ほら来い、こっちだ。

丙、めぐみを船底に蹴りこみ鉄扉を閉める。めぐみ、壁を叩き、爪で壁を引っかき、泣き叫ぶ。やがて爪がはがれ血が噴出す。それでもあきらめず助けを求めつづける。

めぐみ いやー！ たすけて！ お母さんたすけて！ 帰して、おうちに帰して！ ……お父さん怖いよ！ 怖いよ！（爪がはがれる）痛い、痛いよ！ 爪が、爪がはがれちゃった……。痛いよ！ 怖いよ！ たすけて！ お母さーん！ お母さーん！

暗転。

四場

石高（声）　めぐみさんが拉致されたのは１９７７年の秋でしたが、その頃すでに日本の各地で拉致は進行していました。或る時期には印刷工たちが、時に看護婦たちが、そして何組もの恋人同士が、日本中から理不尽な暴力によって連れ去られました。中にはあまりに激しい一撃を喰らいその場で死に至り、海に棄てられた者もいるという元工作員の証言もあります。

海岸で海を見ていたアベックが、工作員に袋をかぶせられ連れ去られる。夜道を帰宅中の印刷工が腹に一撃を喰らい手足を縛られ、リュックサックのように担がれて連れ去られる。

石高（声）　拉致の手段には相手の弱みに付け込んだ脅迫から、甘い言葉で騙し誘拐する方法まであらゆる手が使われました。

車のドアの閉まる音が聞こえ一組の男女、田口八重子（22）と田宮守（＝朴・28・工作員）が登場。

八重子　いつもすいません送ってもらっちゃって。うちはこの裏のアパート、ここは託児所なのよ。可愛い二人のベビーが待ってるの。だから口説いたってだめよ。

田宮　そんな、僕は別に。

八重子　（笑い）ごめんね、失礼なこと言っちゃって。

田宮　でも千歳ちゃん大変だね、夜遅くまでお店で働いて、その後赤ちゃんの面倒見るなんて。……たまにはのんびりしてストレス解消したほうがいいですよ。僕の叔父が遊覧船の仕事をしていてね、夜の東京湾クルーズってのがあるんです。今度ご招待しますよ。

八重子　……でも赤ちゃんがいるから……。

田宮　お店、休みの日とか。

八重子　うん、ありがとう。

田宮　じゃ、またね。

八重子　おやすみなさい。本当にいつもありがとう。

八重子去る。物陰から現れる辛光春。

辛　千歳というのか？

田宮　千歳は店の源氏名で、本名は田口八重子といいます。どうでしょう？　世間を知っている割には言葉遣いもきれいだし、頭もいい女です。

辛　いいだろう。もう一押しだ、うまくやれ。

三幕

一場

石高（声） めぐみさんが神経を病んで入院されたのは十八の時と聞いています。拉致されてから五年目のことです。

北朝鮮。山奥の招待所。

めぐみ 〔朝鮮語〕われわれは必ず我々の世代に南朝鮮革命を完成し、祖国を統一しなければならない。そして統一した祖国を後代にわたさなければなりません。

指導員の辛と丙（前場の工作員）が入ってくる。

辛 これはこれは、朝鮮語が上手になったねえ。

めぐみ カムスハムニダ。

辛 リュ、ミョンスク同志、立派になったものだ。もう泣き虫のめぐみちゃんではないな。

めぐみ はい。

辛 しかし君の場合日本語も忘れてはいかんぞ。これからは日本語の先生になるのだからな。日本語でも言ってごらん。

めぐみ はい。われわれは必ずわれわれの世代に、南朝鮮革命を完成し、祖国を統一しなければならない。そして統一した祖国を後代にわたさなければなりません。

辛 よし。わが朝鮮労働党の四大原則は？

めぐみ 神格化、信条化、絶対性、無条件性です。

辛 君が朝鮮語を習っている理由は？

めぐみ 偉大なる金日成首領様と敬愛する指導者、金正日将軍様のご配慮で十分な食事と衣服と教育を受ける機会を得た私は、唯一絶対の主体思想に目覚めました。私はさらに学習し、アメリカ帝国主義及び日本軍国主義右翼勢力と戦い、アメリカの傀儡である南朝鮮政府から

辛　南朝鮮人民を解放するために、偉大なる金日成首領様と敬愛する指導者金正日将軍様に終生変わらぬ忠誠を誓い、この命を捧げるためです。
丙　うん、よく出来た。
辛　フン、教科書どおりだ。
丙　ばかにしてはいかん。その教科書どおりが大切なんだよ。
辛　はあ。
めぐみ　それにしても朝鮮語が流暢になったものだ。どれくらい勉強した？
辛　はい、毎日睡眠時間を四時間に減らしてして勉強しました。
めぐみ　それは大したものだ。これからが楽しみだな、では〔立ち上がる〕
辛　あの……。
めぐみ　なんだ？
辛　あの……私は、いつ日本に、……い、行けるのでしょうか？
めぐみ　さあ、それはまだわからんな。
辛　でも、でも、朝鮮語を覚えたら、お母さんに会わせてくれるって……。
めぐみ　誰がそんなことを言った？
辛　辛先生が……。
めぐみ　私が？

めぐみ　はい。……辛先生が、四年前に……約束してくださいました。朝鮮語を覚えたらお母さんに合わせてやる。だからしっかり勉強しなさいって。

辛　そうか……。同志よ。

めぐみ　はい。

辛　もう一度聞こう。君が朝鮮語を習っている理由は？

めぐみ　偉大なる、偉大なる金日成首領様と、敬愛する指導者金正日将軍様のご配慮で、十分な食事と衣服と教育を得る機会を得た私は、唯一絶対の主体思想に……。

辛　続けて！

めぐみ　主体思想に目覚めました、私はさらに学習し、アメリカ帝国主義及び日本軍国主義右翼勢力と戦い、アメリカの傀儡である南朝鮮政府から南朝鮮人民を解放するために、偉大なる金日成首領様と、敬愛する指導者金正日将軍に終生変わらぬ忠誠を誓い、この……。

辛　続けて。

めぐみ　……。

丙　続けろ！

めぐみ　この……この命を……。

辛　しっかり言え！

めぐみ　は、はい……（消え入るような声で）この命を捧げるためです。

辛　……はっきりしないなあ、もう一度。

めぐみ　……え？

辛　もう一度初めから言いなさい、君が朝鮮語を勉強する理由は？

めぐみ　……私が、私が朝鮮語を勉強する理由は、偉大なる……偉大なる……。

李　どうした！

丙　続けるんだ！

めぐみ　私が、私が朝鮮語を勉強する理由は……、日本へ……日本へ帰りたいからです！

辛　なに？

めぐみ　日本に帰りたい！　お母さんに会いたい！　お父さんにも会いたい、弟たちにも、友達にも会いたいからです！

丙　この、倭奴（ウエノム）が！

辛　さっきの言葉は嘘だったのか！

めぐみ　お願いします！　朝鮮語は覚えました、日本に帰ってもここで聞いたことや見たことは誰にも言いません。首領様や将軍様への忠誠も忘れません。日本へ帰してください。（膝を折り辛にしがみつき）お願いします。お願いします。お願いします！

辛　（振り払い）君はまだ何もわかっていないようだな。そんなことを言っていたら思想再教育のための重労働で、炭鉱に放り込まれるぞ。それでもいいのかい？

めぐみ　……。

丙　俺は一度見たことがある。炭鉱に入れられるのはその八割が共和国では最下層の「敵対階層」の連中だ。親日、新米そして多いのが帰胞（キボ）と呼ばれる日本から帰った元在日朝鮮人たちだ。炭鉱では犬も食わないような餌が一日一回与えられるだけだ。風呂など一度も入れず、真っ黒な顔に目と歯だけギョロつかせ、男か女かの区別もつかん。警備隊員に鞭で叩かれながら毎日十時間以上の重労働だ。休みなんかあるわけもなく、病気になって熱を出しても鞭打たれながら働き、皆朽ち果てたように死んで行く。

辛　君は自分が今どんなに恵まれた立場にいるかわかっていないようだな。……君は日本からこの地上の楽園である朝鮮民主主義人民共和国へ在日朝鮮人たちが帰ってきた、帰国事業というものがあったのを知っているか？

めぐみ　いいえ……。

辛　六〇年前後が最も多かった。日本から十万を超える在日朝鮮人が帰ってきた。これがまあ、資本主義に毒された連中でね、党の批判や生活の不満を人前で平気で口にする。党としては勿論反逆罪で逮捕したが、中には船を調達して日本に逃げ出そうとした輩がいた。そいつ等は当然、公開銃殺となった。朝鮮労働党のもてなしにもかかわらず国外へ逃げようとした奴らは、反革命分子として見せしめに殺されたのだ。清津（チョンジン）、威興（カンコウ）、南浦（ナンポ）などあちこちの都市で、百人近くが処刑されたよ。……収容所はもっと酷い。入ったが最後、外部との連絡は完全に遮断される。キボも一万人以上強制収容所送りになったまま消えている。つまりは死んだのだろう。

丙　入ったら最後だ。女は強姦され、妊娠したら腹を蹴られて流産させられる。その胎児を本人の目の前で、飢えた軍用犬に食わせたこともあるという！

めぐみ　いやー……。（くず折れる）

辛　立て！　しっかり話を聞くのだ。（崔、めぐみを支える）酷いと思うか？　ひどいと思うか？

めぐみ　……けだもの……！

丙　けだもの？　このチョッパリが！　チョッパリというのはなあ、ひずめが二つに割れた豚や牛のことだ。つまり下駄を履いたおまえたち日本人のことだ！

辛　もう一つ、日本人はウエノムとも呼ばれている。漢字で書くと倭奴、倭の奴隷だ。昔野蛮人の倭奴どもは、わが朝鮮から高度な文化を学んだ。その恩を忘れた倭奴が、三十六年もの間わが民族の自由を奪ったのだ。われわれの土地を奪い名前を奪った。かつては美しかった朝鮮の山々は、日本のせいで今も無残な禿山のままだ。朝鮮が南北に分断されているのも、元はといえば日本の責任なのだ。その上日本人たちは二十万もの朝鮮の少女を強制連行して日本軍の慰安婦にした！　だから日本政府はわが共和国政府に土下座して謝り、戦前戦後七十年近くにわたる賠償金を支払わなければならないのだ！

めぐみ　……。

辛　わかったか！

めぐみ　……。

丙　（めぐみの胸ぐらをつかみ立たせる）返事をしろ！

めぐみ　……ネイ……。

辛　君が朝鮮語を勉強する理由は！

めぐみ　……。

辛　今から君が朝鮮語を勉強する理由を百回復唱しなさい！
めぐみ　……。
辛　始めろ！　お前の中に偉大なる主体思想をゆるぎないものとして確立するのだ！
めぐみ　……。
辛　やれ！　やらなければ今すぐ危険思想の持ち主として、思想再教育のための強制労働だ
丙　炭鉱に放り込むぞ！
めぐみ　……い、いだいなる、偉大なる金日成首領様と……敬愛する金正日将軍様のご配慮で……
辛　おーい、賄い婦はいるか？
梅花　はい……。

賄い婦のオバちゃん、梅花が出てくる。

辛　時間なので、俺たちはもういかなければならない。この娘は思想的にまだ未熟なようだ。忠誠の誓いを百回繰り返すように命じてあるからしっかり監視してくれ。
梅花　かしこまりました。

辛 少しでも反抗的な態度を見せたら、すぐに報告するように。

李と丙出て行く。

丙 （声） しかしチョッパリの奴ら許せませんね、二十万もの女の子をさらうなんて。

辛 （声） ああ、あれ、嘘。

丙 （声） え？ ええ？

辛 （声） 日帝の時代だって朝鮮の警察官の三分の二以上は朝鮮人だったんだ。そんなことできるわけないだろう。

丙 （声） はあ……。

辛 （声） 嘘も百篇繰り返せば真実になるんだよ。（笑い）

ドアが閉まり車の発進していく音。誓いの言葉を繰り返す、めぐみ。梅花、外をうかがい、二人が去ったことを確認する。

梅花 今、何回目？

めぐみ （朝鮮語） 十分な食事と……（返事をせずに暗誦を続ける）

梅花　じゃあ紙に印をつけて数えようかねえ。こうやってね（正の字を書く）……もっと小さい声でもいいんだよ。

めぐみ　（同じ大きさの声で続ける）

梅花　うるさい！　もっと小さな声にしろ！

めぐみ　（怯える。声小さくなる）

梅花　悪いねえ怒鳴ったりして、でもこうしないとあんたは今私等が何を言っても信じられなくなっているんだろう、それはわかるさ……。今までにもいろんな日本人が連れてこられたよ。……あんたと同じくらいの高校生もいたね。よっぽどお金持ちのお嬢さんだったのかねえ、自分の洗濯も出来ない子だったよ。大工仕事の上手な優しそうな男の人もいたっけ。……ある若い男の人はね、連れて来られた時から顔中傷だらけで、目が腫れ上がり鼻が曲がったようになっていた……反抗的なので毎日叩かれたり蹴られたりして、どこかへ連れて行かれてしまった……。ええと今何回だったかなあ？　一、二、三、四……おお！（めぐみに）あと少しだからね頑張るんだよ！（紙の上にせっせと正の字を書きながら）……ある女の人はねえ、自分を連れてきた工作員の男に会わせろ会わせろ、話が違うって言って、その度に叩かれていた。私のことをお母さんみたいだって言って、わかれる時は「いやだいやだ、このままオバちゃんと暮らしたい」って、大きな目から涙をぽろぽろ流して私にしが

めぐみ　みついた……。さてと（紙の上の正の字を示し）さあ、後一回だ。……この命をささげます……。

梅花　はい、お終い、百回だ、終わり。

めぐみ　（虚ろに暗誦を繰り返す）

梅花　終わり。大丈夫、罠じゃないよ。ほらちゃんと百回印をつけたんだから。お終い。止めていいんだよ……。

（めぐみの様子がおかしいのに気付く）あんた、ちょっとあんたしっかりしなさい、しっかり、あんた！

めぐみ　この命を捧げることを誓います。偉大なる指導者……。（梅花に怯え逃げ回りながら、誓いの言葉を絶叫する）

暗転。

梅花　（声）その後はずーっと、ろくにご飯も食べず、何を聞いても返事もしないで「偉大なる首領様……将軍様」ばっかりだもんねえ……気の毒で見ていられなかったよ……。

二場

山奥の別の招待所。春。庭のベンチで話す梅花と金賢姫＝工作員名金玉花（キムオッカ・19）

賢姫　それで、その後はどうなったの？

梅花　病院に連れて行かれたよ。何処だかわからない。精神病院だと思う。……その後、私もなぜか移動になって、この招待所に配属されて来たのよ。

賢姫　その人の入院したのは、多分ピョンヤンの915病院だと思います。私たち工作員専門の病院。

梅花　じゃあウネ先生と同じだね。……もうそろそろだねウネ先生が帰ってくるのも。しかし驚いたわウネ先生が腰を痛めるなんて、椎間板

ヘルニアって痛いんだってね。それに治りにくいって聞いていたけど、たった二週間で退院できるなんて、きっとよほどいい病院なんだね……。あ、来た来た。

自動車の到着する音。李恩恵こと田口八重子と指導員の沈が入ってくる。八重子はゆったりとしたベージュのブラウスに紺のロングスカート。金のネックレスをして髪は大きくウエーブのかかったロングヘアー。赤い口紅、赤いマニキュアという華やかさ。

八重子　ただいま！

賢姫　ウネ先生、お帰りなさい。

梅花　お帰りなさいませ。

八重子　玉ちゃんごめんね心配かけちゃって。もうばっちり大丈夫だからね。

賢姫　バッチリ？

八重子　うん、ばっちり！　完全にっていう意味。

賢姫　はい。バッチリ退院で、おめでとうございます……。

沈　早速日本語の勉強か、その調子その調子。

賢姫　沈（シム）先生、こんにちは。

沈　こんにちはキムオッカ同志。ウネ先生は中で着替えてくるといい。

八重子　そうするわ、玉ちゃんすぐ戻るからね。

梅花　私、お手伝いします。

二人奥へ入る。

沈　先生のいない間もちゃんと勉強は続けていたかね？

賢姫　はい。主体（チュチェ）思想の暗誦と毎晩の山岳行軍、撃術の訓練は欠かさず行いました。

沈　そうか……。

沈、賢姫の顔を鋭く突く、その拳をぱっと払い、素早く突きと蹴りをかえす賢姫。

沈　よろしい。さて、明日からはまた猛勉強だ。眠る時以外は常にウネ先生と生活を共にして日本のあらゆる習慣を身に着けるんだ。歴史や地理は勿論、化粧や食事の仕方、場合によっては女工作員なら体を使って男を誘惑し情報を手に入れる必要もある。酒の席の作法から男のあしらい方まで教わるんだぞ。党も君には期待してるんだから、早く日本人になりきって革命の成就のために活躍してくれよ。

賢姫　はい……。

沈　どうだね、ウネ先生とは上手くいっているか？

賢姫　はい。先生は大好きです。

沈　それは良かった。ウネ先生も君のことが実の妹のように可愛いそうだ。

賢姫　光栄です。

沈　但し一つだけ注意しておく金玉花同志。

賢姫　はい。

沈　ウネ先生はあくまでも外国人だ。決して心までは許してはいけない。君の本名が金賢姫（キムヒョンヒ）であることは勿論、個人的な履歴、家族関係などは一切教えないこと。わかっているね。

賢姫　はい。沈先生……。

沈　では私はこれで。

沈出て行く。車の去る音。賢姫一人、何やら日本の歌を歌っている。梅花が出てきて聞いていた。

梅花　もの悲しい歌ですね、日本の歌？

賢姫 そう。ウネ先生この歌を教えてくれた時、遠くを見つめて、とても淋しそうだった。その時の先生の顔を思い出したら私、先を続けられなくなって……。

梅花 あなたは優しい人……。あの先生はね、日本に三歳と一歳になる子供を残してきたんだってよ。共和国に来た当時はおっぱいが張って、よく泣きながら自分で乳を絞ったって言っていたよ……。

賢姫 そう……。でも朝鮮が統一できれば先生もきっと日本に帰れる！（急に立ち上がり叫ぶ）

トンム（同志）たちよ準備しろ、手にした武装を
帝国主義者の侵略をぶち壊し
勇進、勇進、進もう勇敢に
億万回死んでも敵を打ち倒せ！

八重子 （出てきて）あら、玉ちゃん元気ね！

賢姫 先生！　また日本の勉強、よろしくお願いします。

以下金賢姫が八重子に日本語を習う場面では、金の日本語に、濁音を上手く発音できない等の朝鮮語の特徴を交えたい。

八重子 では早速始めましょうか、（数冊の日本の週刊誌を見せる）これが日本の週刊誌。週刊誌には男性用もあり、女性用もこの他にもいくつもあるけれど、まあこの辺が一番人気があるかな。

賢姫 週間誌？

八重子 一週間に一度出る雑誌よ。

賢姫 毎週ですか？ こんなに沢山？

八重子 これぐらいで驚いちゃ駄目。まだまだあるし、月刊誌といって、一月に一度出る雑誌だって多いんだから。此処にある雑誌の名前ぐらいなら知っておかないとおかしいわよ。

賢姫 ……はい、覚えます。

八重子 これが女性週刊誌、最初にある写真はグラビアっていうのね。（めくって）あ、百恵ちゃんだ。

賢姫 百恵ちゃん……。

八重子　ははは、キャンディーズ。
賢姫　キャンディース？　……、みんな知っていますか？
八重子　「（歌う）もうすぐ春ですねえ」誰でも知ってるよ。今度この歌も教えてあげる。あ、ジュリー！
賢姫　どれどれ？
八重子　これよ、最高にカッコいいでしょ。これがジュリーなのよ！
賢姫　この方がジュリーですか？　先生が一番お好きな。
八重子　ジュリーの正式の名前は？
賢姫　沢田……研二。
八重子　正解！　こういうの意外に大事かもね。
それから、これは男性週刊誌（賢姫に渡す）男性週刊誌にも中年向けと若者向けがあって、それは若者向けね「平凡パンチ」
賢姫　……（急に雑誌を閉じる）
八重子　どうしたの？（雑誌を開く）
賢姫　だってそれ……。
八重子　うん？　男性誌のグラビアはみんなこうよ、女の子の写真が載ってるの。
賢姫　だって裸ですよその写真。

八重子　男はみんな女の裸が見たいのよ。万国共通。
賢姫　男性誌にはみんなあるんですか、こういうの？
八重子　うーん、週刊誌なら普通だね。
賢姫　（憤慨して）やはり、資本主義は堕落していますね！　……すみません……。
八重子　いいのよ……。だけどあなた純情ね、今十九だっけ？
賢姫　はい。
八重子　まだ……なにも知らないのね？
賢姫　……（頷く）
八重子　それでいいのよ、いいの。自分を大事にしなきゃね。男で失敗するのが一番ばかばかしいからね。私なんかさあ……。やめたやめたこんな話。でも玉ちゃんほんとにかわいい。さあ、勉強続けよう。
賢姫　先生！
八重子　なに？
賢姫　あの、男の人を誘惑するのって、どうやればいいんですか？
八重子　誘惑？　あんたみたいな美人にはそんな必要ないわよ、黙っていたって男はみんな向こうから寄ってくるさ。……でも、どうしてそんなこと知りたいの？
賢姫　さっき沈先生に指導されました。……潜入工作員は情報を得るためには女の体を使

八重子　わなければならない場合があるって。誘惑の仕方や、お酒の席の作法などもウネ先生から教わっておくようにって……。
賢姫　全く、あんたみたいなうぶな娘に何てことさせようっていうんだろう。無理無理、玉ちゃんにはそんなことできっこないよ。第一あなた自身がそういうの一番嫌いな方でしょう？
八重子　はい。……でも一応は学習しておかないと……。
賢姫　学習ねえ、……うん、簡単だよ男を誘惑するのなんて。男の人は子供と同じ、優しく面倒見てあげれば直ぐなついてくるわ。あんたみたいな美人さんならいちころさ。
八重子　いちころ？
賢姫　いちころ。一発で殺せるっていう意味。
八重子　……（固く）必ずしも、殺すわけではないんです。
賢姫　いや別にそういう意味では、一発でメロメロになっちゃうってこと。
八重子　メロメロ……？
賢姫　メロメロ、わかるよね、こうメロメロ（賢姫にしなだれかかる）メロメロ。
八重子　はい、わかります。メロメロですね。
賢姫　（笑い）わかったね。それからなんだっけ、さっきあんたが言ってたこと？
八重子　お酒の席の作法です。

八重子　それなら任せなさい。おばちゃん、悪いけど奥からビールと、なんかお酒持ってきてくれる？

梅花　はーい。

八重子　先ず最初に知っておかなければならないのは、あなたのような上品なお嬢様は、あんまりがぶがぶ飲まないってこと、それはこの国でも同じでしょう？

賢姫　この国には男の人だってかぷかぷ飲めるはどのお酒はありませんから……。

八重子　そうか、貧しいんだね。

賢姫　招待所の中は特別なんです。家具や食べ物も一流で、ここだけは日本並みの贅沢ができるようになっているんです。

八重子　でも此処にある家具なんて私の住んでいた池袋のアパートにあったのよりひどいよ。これが一流？

賢姫　……（シュンとする）。

梅花　お待たせしました。（酒やグラスを運んでくる）

八重子　先ずはビールから行きましょうかねえ。はい（賢姫にグラスを渡し注ぐ）そんなふうに両手で持つとおかしいよ、片手でいいの、そう。それで注がれたら注ぎ返す。オッケー、カンパイ！（金のしぐさに）ああ、それは朝鮮飲みだよ。口元隠さなくていいの。片手は下に添えて、そう！　ああおいしい。……目上の人がグラスをあけたら直ぐ注ぐ。

賢姫　は、はい。（注ぐ）

八重子　どう、おいしい？

賢姫　にがいですね。

八重子　日本にいけば甘くておいしいお酒も一杯あるよ、女性用のカクテル。スクリュードライバーなんて口当たりがいいからつい飲みすぎて危ないの。男が女を酔わして落とす時によく使うから覚えておいて。

賢姫　スクリュードライバー（メモをとる）

八重子　次はウイスキー、これはグラスを持ち上げないでいいの、シャンパンもね。

賢姫　難しいですね。

八重子　大丈夫、要するにビールと日本酒だけよ、持ち上げて受けた方がいいのは。

賢姫　はい。（メモをとる）

八重子　オバちゃんも一杯どうぞ。

梅花 いえ、私は……。
八重子 いいから。
梅花 いいえ。
八重子 あ、いいのね。
梅花 じゃ、……、一杯だけ。
八重子 (笑い) 学習だから、玉ちゃんが注ごう。はい勉強勉強。三人で、カンパイ!
賢姫・梅花 カンパイ!

梅花が週刊誌をめくる。

八重子 なに? おばちゃんもジュリー見たいの?
梅花 いえ、私は別に。
八重子 (ページをめくり)これよ、カッコいいでしょ。
梅花 はあい (見入っている)
八重子 ジュリー! っていうのよ。 ジュリー! はい一緒に、ジュリー!

梅花　……ジュ、ジュリー……。

奥から猛烈な犬の吼え声。驚く三人。

八重子　あ、私のジュリーが鳴いている！　ジュリー、ジュリー（奥へ去る・以下は奥からの声）ジュリーー、そうかそうか、淋しかったか？　おーよしよし、お座り、お手、よくできたねえ、いい子いい子……。

梅花　犬を子供のように扱うなんて信じられないよ、やっぱり外国人だねえ。

賢姫　……かわいそうな先生。

梅花　でもあのジュリー、先生が特別に可愛がるもんだからよく太って、今が食べごろだね。

八重子　（戻ってくる）駄目よ、ジュリーは絶対食べちゃ駄目！

大体犬なんてどうして食べるのよ、もう信じられない！

賢姫　でも先生がいつもおいしいおいしいって喜んで食べているスープは犬の肉ですよ。

梅花　犬なべも食べていますよ。

八重子　いやだ、本当？

賢姫　此処では牛や豚の肉は高すぎて、一般の人は口にすることができません。犬料理は

八重子 昔から人気のある一般家庭の食べ物なんです。もっともその犬の肉さえ今では最高の贅沢品で、庶民には手が出ませんけど。

賢姫 一般家庭って、……それじゃあ犬を殺すのも自分たちでやるわけ？

八重子 ……はい。

梅花 どうやって？

八重子 首に巻いた紐の端を、木の枝や塀の反対側から引っ張って吊るすんです。

梅花 絞首刑？ ……よくそんなことできるわね！ 酷すぎるよ！

八重子 ……ジュリーはやめておきます。

ジュリーだけの問題じゃないの。（突然怒り出す）大体あんたたちの国はどうして同じ民族同士で殺し合うの？ その上どうして私のような関係のない者まで巻き込んで苦しめるの？ 朝鮮戦争だって同じ朝鮮民族同志で戦ったんじゃない。どうして同じ民族同士でそんなむごたらしい殺し合いが出来るのかわからない！

賢姫 ……それは……。

八重子 それになによあの９１５病院！ 患者同士が覆面してお互いに顔がわからないようにしてなきゃならないのよ！ 鉄条網で二重三重に囲ってさあ、細菌兵器でも作っているのあれ？ それとも麻薬かなんか？

賢姫 先生！

八重子　いやだ！　ああ、いやだ、いやだ、いやだ！　犬の肉なんか食べたくない！　毎日お風呂に入りたい。東京の街を歩きたい。本屋に入って立ち読みがしたい。ショッピングがしたい。クリスマスが懐かしい。除夜の鐘が聞きたい。初詣に行きたい。……会いたい……子供たちに会いたい、会いたいよ！　……（泣く）

間。

賢姫　……（あえて明るく）先生。
八重子　……。
賢姫　……除夜の鐘って、何ですか？
八重子　……ごめん、……除夜の鐘っていうのはねえ……。
賢姫　はい。
八重子　あのね、赤ん坊が生まれてくるとき泣くのは

賢姫　ね、苦しみを背負って生まれてくるからなのよ。人間が生きるということは、すなわち苦痛ということなのね。人間の苦痛はかぞえることが難しいほど多いの。……生きていく苦痛、病気で苦しむ苦痛、老いる苦痛、死ぬ苦痛、そして……。

八重子　はい……？

賢姫　（再び激してきて）親しいもの、愛する者と一緒に暮らせず、離れ離れに生きなければならない苦痛！。……人間には少なくとも百八つの苦悩、煩悩があるというの、煩悩というのは悩みのことね。……仏様の教え。その百八つの煩悩を忘れるためにね、大晦日の夜から、お正月の元旦の朝までは、日本中のお寺が百八回鐘を突くの、ボーン、ボーンて……。

梅花　ウネ先生やめてください、恐ろしくて……。ご存知でしょうが、この国ではすべての宗教が禁じられています。偉大な首領様の主体思想以外を信じる者は、建国以来の階級闘争に敵対するものとされ、会寧（フェニョン）にある宗派収容所に送られて、二度と出ることは出来ません。ですから……。

賢姫　（梅花を手で制する）

八重子　……除夜の鐘を突くのは、お寺のお坊さんだけではなく、一般の私たちにも許されるの。だからその夜だけは、子供でも夜遅くまで起きていても叱られないの。テレビでは紅白歌合戦って言って、日本中から選ばれた、一番優秀な歌手たちが……男女の赤組と白組にわかれて歌合戦するの。

賢姫　歌合戦？

八重子　合戦というのは戦争のこと、つまり、歌の戦争をするのね、男の白組と女の赤組が。

賢姫　（目を輝かし）歌の戦争ですか？　いいですねえ！

八重子　……うん。

梅花　ジュリーも出ますか？

八重子　勿論。

賢姫　百恵ちゃんは？

八重子　百恵ちゃんも。

賢姫　キャン、キャン……ええと？

八重子　キャンディーズ？

賢姫　はい。

賢姫　うーん、多分ね。

賢姫　また、何か日本の歌を教えてください。

八重子　……わかった。

楽しく日本の歌を歌う八重子と賢姫、やがて梅花も混じって歌い踊る。
ジェット機の爆破される轟音で暗転。
猿轡をかまされ両脇を支えられてKLMのタラップを降りてくる金賢姫の映像。

賢姫（声） 一九八七年十一月、指令を受けた私は日本人蜂谷真由美のパスポートで中東へ向かい、大韓航空機を爆破。百人以上の善良な韓国人を死に追いやりました。自殺に失敗した私は韓国で死刑の判決を受けましたが、その後の恩赦で、今は神への祈りの中に生きております。そしてこうして今、二度と生まれた国には戻れない境遇になって初めて、あの当時のウネ先生……いえ田口八重子先生が、どれ程辛いお気持ちでいたのかを、ようやく本当にわかるようになってまいりました。しか

も先生は私とは違い、何の罪も犯してはいないのですから……。
先生は今もきっと生きておられます。山奥の招待所で日本を思い、残してきた子供たちを慕い、あのきれいな目に涙を浮かべながら……。

闇の中、浮かび上がる八重子の姿。ここは山奥の招待所か……。彼女の服装は以前にも増して派手で化粧も濃い。しかし体はやせ細り、全身から孤独がにじみ出ている。八重子が呟く。

八重子　わすれられないけど……
わすれようあなたを……
わすれよう……

遠く吹雪が唸り、八重子の姿をかき消していく。

四幕

一場

９１５病院の一室。裸電球が一つあるが、電気はついていない。窓から差し込むほのかな月明かりの中、床の上に毛布だけをかき抱き眠る、数名の女性患者たち。《キンスク、ジュンアイ、ヨンシル》しかし本人にしか見えないゴム紐を、ひたすら跳びつづけるスクス。静かに歌う声楽家のマリ、床の一転を見つめ、なにやらぶつぶつ言っている美穂、なにやら格闘技を繰り返す智賢（チヒョニ）、他の寝付けない患者たちの声、笑い声……泣き声……。

小夜　（めぐみに）めぐみちゃん、ねえ、うるさくて眠れないよ……ねえめぐみちゃん、あの人いやだ。

小夜の隣の毛布に座り、美穂のつぶやいているのは、以前めぐみが繰り返していた誓いの言葉である。

美穂　（朝鮮語）敬愛する指導者金正日将軍様にこの命を捧げます……敬愛する……。
小夜　あればっかり毎晩ずーっとよ。我慢できない。ほんとに頭がおかしくなる。
めぐみ　……そうね、でも……。
小夜　（美穂に）あの、すいません。
美穂　主体思想に目覚めました、私はさらに学習して……。
小夜　すみません！
美穂　……。
小夜　あの、その声、夜眠る時だけは止めてくれませんか？
美穂　（怯えて、却って声を張り上げる）アメリカ帝国主義ならびに日本軍国主義右翼勢力と闘い、アメリカの傀儡である……！
小夜　（立ち上がり）いや、やめてよ！
智賢　（猛然と走り出す）日帝！　日帝！（小夜の顔を突こうとする）
めぐみ　危ない（小夜をかばう）
智賢　日帝！　日帝！
めぐみ　違う、同志よ。……トンム。
智賢　……トンム？
めぐみ　そう、小夜はトンム、同志……。

智賢　同志？　……トンム？　……同志、トンム……（離れてゆく）

美穂は何かにおびえた様子でヒステリックに誓いの言葉を繰り返している。めぐみ、そっと美穂の横に座るとその肩を抱く。そして一緒に誓いの言葉を喋り始める。優しく手のひらで肩を叩き、子守唄のようにささやき続ける。……次第に落ち着きを取り戻す美穂。やがて安心したように眠り始める。マリのかすかな歌声だけが静かに聞こえている。金花の反対側から小夜がめぐみに身を寄せる。

小夜　……ありがとう……ねえ、小夜は、めぐみちゃんの同志なの？

めぐみ　……うん。

小夜　（美穂を差し）この人も？

めぐみ　……そう、……みんな。

小夜　同志になれば、私たち日本に帰れるよね？

めぐみ　うん、……必ず。

小夜　そうしたら、いいなあ！　帰れたら……。あのね小夜のお家埼玉じゃない、戸田の花火って凄いんだから、夏休み遊びに来て。

めぐみ　……。

小夜　でさ、一緒に浴衣来て荒川の土手に行こう、花火見に。帰りにお好み焼き食べようね、凄い美味しいお店知ってるんだ。それから氷も食べたいね、イチゴミルク……そうだ、女だけだと危ないからお兄ちゃんも一緒に行こう。小夜のお兄ちゃんねえ四つも年上だからめぐみちゃんの二つ先輩だ。あ、めぐみちゃん、お兄ちゃんのタイプかもしれないぞ。……小夜もねえ中学の先輩に好きな人いたんだよねえ……野球部でさあ……かっこよくてさあ……。

小夜もいつしかめぐみの腕にもたれながら眠りに落ちる。虚空を見つめるめぐみ、やがて目を閉じる。

眠るめぐみだけを残して舞台暗くなる。不思議な音楽が流れ出し、めぐみ以外の患者たちは夢遊病

者のように消えて行く。

二場

強制収容所＝めぐみの悪夢。

夜。北風が唸りを上げる作業場近くの訓練場。張り巡らされた鉄条網。舞台中央に眠っていた一人の少女が目覚める＝めぐみだ。隊列を組んで駆けてくる軍靴の音に耳を澄ます。めぐみ跳ね起き、木陰に姿を隠す。やって来た警備隊員たち、客席に向かって一列に並び一斉射撃の夜間訓練を始める。分隊長林正光、副長金英徳が檄を飛ばす。

林　こうして夜間の訓練を行うのは、一人の政治犯も逃亡させてはならないからである。ここにいる奴等は過去、わが民族を虐殺した親米分子、親日分子、そしてわが共和国を破壊しようとする不純分子、さらに永遠なる指導者金日成同志と金正日同志を裏切り、我々の共和国を転覆しようとした悪辣極まりない仇敵どもと、その子供や孫たちである。……トンム等がもし万が一にでも政治犯に同情したりすれば、トンムたちばかりでなく、トンム等の父母兄弟も政治犯たちと同じ身の上になることを肝に命じておくように、わかったか！

隊員たち　わかりました！

林　銃弾の一発一発を、奴等の胸元を打ち抜く気持ちで射撃訓練に励め！

隊員たち　はい！

金　構え！

隊員たち　（構える）

金　撃て！

轟音。隊員たちの一斉射撃。

金　止め！　よく聞け。わが共和国には現在二十万近くの政治犯どもが、収容所の囚人として暮らしている。あんな奴等に飯を食わせること自体が国家の大いなる損失である。おまえたちはあいつらを殴るなり撃ち殺すなり、思い通りにすることができるんだぞ。あいつ等はお前たちとお前たちの妻や子供を「先生様」と呼ばなければならない、先生では駄目だ、先生様だぞ。挨拶をしなかったり、呼んでも走らずに歩いてきたり、生意気にも荷車に乗ったり、我々が話をしている時にそっぽを向いたり、その他少しでも反抗的な素振りを見せた時は、いかなる事情があってもお前たちは奴等に対して思いのままに振舞っていい。いや、振舞わなければいかん！

わかったか！

隊員たち　はい。

金　おまえたちにはあいつ等を屈服させる義務と、逃亡させない義務と、一人でも逃亡したり反抗したりするものがあれば、容赦なく射殺する義務だけが期待されている。その義務をまっとうする上でひとかけらの慈悲も必要ない。我々人民の階級的仇どもに、プロレタリアートの不屈の魂がどんなものかを十分に見せ付けてやらねばならない！　そうすることが首領様と指導者様に対して、誇りある革命戦士として生きることなのである！　わかったな！

隊員たち　わかりました！

永　次は撃術訓練だ。銃を置いて整列しろ。

隊員たち　はい。

隊員たち銃をしまい整列する。

永　まずは前蹴り百本だ。構え！　一、二、三、四、……

その時、手押し車を押す作業中の政治犯五、六名が通りかかり、訓練に目をやる。金が

それに気づく。

金 （政治犯たちに）おい、こっちへ来い！

卑屈に腰をかがめ、恐怖に青ざめた顔で震えおののき、駆け寄ってくる囚人たち。永の合図で訓練を中止する隊員たち。

金 この野郎ども、今訓練を見てやがったな。見て覚えようっていう魂胆だろう？ 盗み見がどういうことになるのかはっきりわからせてやる。

雷に打たれたように膝をつく囚人たち。組長、高（36）が進み出る。

高 先生様、どうかお許し下さい。私たちは決し

て盗み見るつもりなんかなかったのです。どうぞお許し下さい。お願いでございます。どうぞお許しを！

金　このネズミ野郎が。お前たちのために我々がこんなに苦労しているのに、お前等は党から飯までもらっていながら何が不足でチョロチョロするんだ？　俺たちの訓練を見てそのとおりやって脱走しようってんだろうが、え？　これで何回目だ？

高　先生様とんでもありません。決して決して盗み見なんかではありません。脱走なんてそんな恐ろしいことは考えたこともありません。お願いです。どうか、どうかお許し下さい。お願いします、お願いします！

何度も地面に頭を下げ許しを請う囚人たち。

金　口からでまかせを言いやがって。騙されんぞ俺は。立て！　回れ右、走れ！

号令一下、跳ね起きて運動場の中央へ走る囚人たち。

金　止まれ！　そこで待て！（隊員たちに）お前たちが厳しい訓練を積んでいるのは、偉大なる首領様と親愛なる将軍様の身辺をお守りし、偉大なる祖国の革命を成し遂げるためだ。だからお前たちは今、此処で習っていた訓練を実戦の中で試し自分のものとして消化しなければならない。そして奴等がいかなる場合に飛び掛ってきても容赦なく一撃で殴り倒せるようにするんだ。いいか？

隊員たち はい。

林 トンムたちは我々人民が決して許すことの出来ない階級的敵、畜生同全の政治犯の奴等を一撃の元に倒さなければならない。もし、いいか、もし手加減したり、奴等を人間扱いして手が震えるような者がいたら……その時はそいつの思想を問題にするぞ……わかったか！

隊員たち わかりました。

林 ではここで待っていろ。

李は金と永を促して囚人たちの方へ行き、リンチの犠牲になる者を選ぶ。興奮する隊員たち。その中にこうした収容所のあり方に疑問を抱く安明哲（アンミョンチョル）がいる。

宋（隊員A） よし、一発で決めて見せるぞ。

朴（隊員B） 俺はとび蹴りでやるか。

宋 おい、どうした安、震えてるじゃないか、怖いのか？

安　……。

朴　まさか、武者震いだよな？

安　あ、ああ。

宋　ここでは、いかに無慈悲になれるかが出世の条件だ。

　　囚人を釜茹でにしたり、犬に食わせた先輩は皆偉くなっている。同情は絶対禁物だぞ。

朴　あんな犬野郎どもに同情なんてあるわけねえだろう。なあ安。

安　はい……。

宋　お前はまだ新兵で慣れていないから注意しておくが、万が一にも同情してそれがばれたら、今度はお前とお前の家族があっち側に入ることになるんだぞ。

安　……わかりました、大丈夫です。

林たち三人は犠牲となる囚人三人を選び手足を縛る。

林　柳光哲（ユグアンチョル）朴明其（パクミョンギ）

　　安明哲（アンミョンチョル）こっちへこい‼　他の者は銃を持ち出口をふさげ！

　　逃げ出すものがいたらかまわん。射ち殺せ！

隊員たち配置につく。不運にも選ばれた三人の囚人、組長の高、まだ十七歳の崔、そして……年老いた横田滋……。

金 柳はこの嘘つきの組長をやれ。朴はこの宗派野郎のガキだ。安はまだ腕が未熟だからこのジジイにしてやる。

めぐみ (傍白)……お父さん!!

金 柳上等兵前へ、はじめ!

柳 エイヤー!

柳の蹴りが高の胸を打ち抜き顎を砕く。どっと地べたに這い蹲る高。

柳 (誇らしげに)二十二号警備隊第四中隊警備隊員柳光哲上等兵、二段蹴りで犯人を処刑いたしました。

めぐみ、収容所の建物の方角へ駆け去る。
地面に倒れている高がうめく。

林　なんだ柳、まだくたばっていないじゃないか？
柳　え？
高　……助けて……
柳　？
高　……おゆるしください……肋骨が折れました、もう耐えられません……先生様がたの勘違いです……！
柳　勘違いだ？　この野朗なめた口ききやがって！　野郎！
金　殺せ！
高　助けてください、命だけは、……先生様……！

柳と金、倒れている高をめちゃめちゃに蹴りまくる。……息絶え、動かなくなる高。

林　次、朴明基！
朴　は。

崔少年が泣きじゃくり座り込む。

永 こら立て、この宗派野郎が！

崔 助けて、助けてください！　お許しを！　助けて！

永 お前の好きな神様にでも助けてもらうんだな。ほら立て。

崔 神様のことなんか信じていません。首領様だけが絶対です。許してください、許して！

永 お前等皆嘘つきだな。だったらどうしてここに入った？

崔 ぼくはただ、尊敬する人はレオナルド・ダビンチと言っただけです。

永 充分な理由だよ！　この日本かぶれの半チョッパリが、ほら立て！

金 立つんだよ！（無理やり立たせようとする）

朴 立たねえと俺のとび蹴りが見せられねえだろ

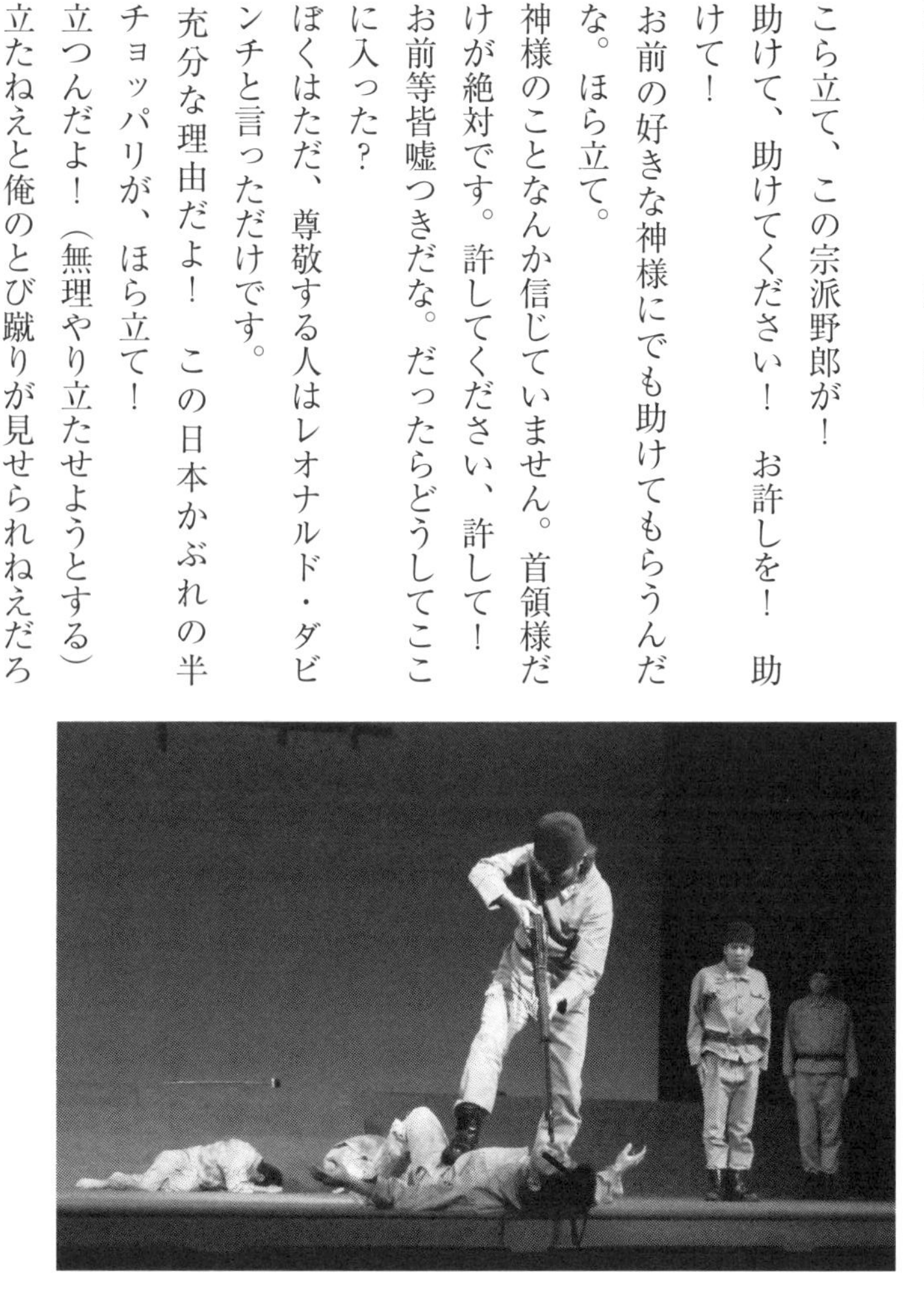

が！

金たちは少年を無理やり立たせる。恐怖に狂わんばかりの崔少年の顔にとび蹴りをくらわす朴。昏倒する少年を再び立たせる永と金。少年はもはや恐怖にすすり泣くばかりである……。

滋　いい加減にしなさい！

金　（驚き）何だとジジイ。

滋　止めて下さい。君たちにだって人間だ。人の子だろう良心のかけらくらいは残っているはずだ。正気に戻るんだ！

金　君たちだ？　先生様といえ！

滋　……先生様……私はもうどうなってもかまいませんが、どうかこの子だけは助けてやってください。

金　よし、この屁理屈ジジイが先だ。ガキは後で

林　たっぷり楽しんでやる。……正気にもどれだと？　この気違い野郎が！

金　昔はよくいたんだこういう類が。元地主、元親日の奴等だ。偉そうにしやがって、こういうのが階級の仇、敵対階層の地主面っていうんだぞ。よく覚えておけ。……安、このジジイが泣いて命乞いするまでぶちのめせ！　その後で止めを刺すんだ！　やれ！

安　……（ためらいながらも銃を振り上げる）。

金　早くやれ！

安　……（額に汗を流し銃を持つ手は震えている）。

金　どうした安明哲、貴様まさか……。

その時、奥の収容所のほうから「火事だ！」と、めぐみの叫び声が聞こえる。続いて「火事だ！」「脱走だ！」「暴動だ！」の声、非常を告げるサイレンが鳴り響き、軍用犬が一斉に吼える。紅蓮の炎が闇を染め上げる。吹雪が舞う。「逃げろ！」「殺せ！」と叫びながら駆け出してくる裸足のままの男女囚人たち。警備隊員たちと激突する。農機具や石を武器に襲いかかる囚人たち。射殺。撲殺。扼殺。……激闘に次ぐ激闘が繰り広げられる。めぐみが駆けつける。

めぐみ　お父さん、お父さん！

滋　めぐみちゃん……！

めぐみ　よかった、間に合ってよかった。今助けてあげるね。（滋を縛ってある縛めを解く）

滋　めぐみちゃん、こんなところに来ちゃ危ないよ。早く帰りなさい。

めぐみ　何言ってるのよ、お父さん。お母さんは何処？

滋　わからない、ずっと会っていないんだよ。

めぐみ　……私探してくる、ここで待ってて。

滋　あ、めぐみ……。

めぐみ　お母さーん！　お母さーん！

めぐみ、母を探しながら、囚人たちの中に消える。この間も囚人たちと警備兵たちとの戦いは続いている。この場にいる最後の一人となった警備兵、安明哲が袋叩きに合う。

滋　その人は、その人だけは助けてください。その人はさっき……。

しかし囚人たちは安を昏倒させ、さらなる襲撃に駆け去る。

滋 （安に駆け寄り）あなた、ねえ君、しっかりしなさい、しっかり。（安かすかに意識を取り戻す）ありがとう、さっきは、ありがとう。死んじゃいけないよ、死んじゃだめだ……！

安 ちょ、朝鮮、人は……。

滋 ……うん？

安 朝鮮人は……本当は……年上の人を……大切にするんです……（絶命する）。

滋 うん、うん、……わかってる、わかってるよ……。

警備兵たちの焼き討ちに成功し、反逆の興奮に酔った囚人たちが集まってくる。

黄（囚人A） やったぞ皆殺しだ。

田（囚人B） 隊長の金の奴のおびえた顔を見たかい？ 先生様が小便漏らして泣いて謝ったぞ。

金ヘリム（女囚A） あいつ、私たちをさんざんおもちゃにして、いい気味だ！

崔モクトル（女囚B） 〔泣きながら〕金は私の赤ちゃんを、たった一歳の女の子、順愛を、夜泣きの声がうるさいからって、床に叩きつけて殺したのよ！ ……あの子、私が何も食べてないからオッパイが足りなくて、毎晩泣いてた……。あいつをやっつけてくれた？

黄　やったよ、仇はとった。

崔モクトル　そう……（泣く）

朴小百合（女囚C）　私の父はスパイ容疑で公開銃殺されました。日本人である母は保衛部の連中に毎日鞭で打たれ、ろくに食事も与えられずに死んでいった……。

長（囚人C）　保衛部？　そうだ警備隊はやっつけたが、保衛部はまだだ。

田　やろう！　俺たちには警備隊から奪った武器がある。保衛部の連中も皆殺しだ！

囚人たち「やろう！」「やっつけろ！」と口々に叫ぶ！

黄　待て、冷静になろう。君たちは朝鮮中の軍隊を相手にするつもりか？

長　いや、だけど、ここの保衛部だけは許せない。

金ヘリム　私もよ。

田　やっつけよう！

黄　そんな時間はない！　それより逃げることを、生き延びることを考えるんだ。

沈リム（女囚D）　生き延びること……？

黄　チャンスは今しかない。ここから中国との国境は近い、このまま一気に凍りついた豆満江（トマンガン）を渡るんだ。そこはもう中国だ。多くの朝鮮人が生活している朝鮮自治区だ。うわさでは我々のような北から逃げのびてきた亡命者を助ける、外国の支援団体もあるという。このままではいずれ全員が殺される。逃げて逃げて、逃げまくって、この中の何人でもいい、生き延びてこの地獄の収容所の存在を、世界の良心ある人々に訴えるんだ！

沈（囚人D） そうだ逃げよう。途中で死んでもいい。やるんだ！

崔モクトル 早く行こうよ。保衛部の奴等が来る前に！

朴小百合 ああ、日本に帰れる！ 母さんがあんなに帰りたがっていた国、日本に！

沈リム 自由だ、自由主義だ！

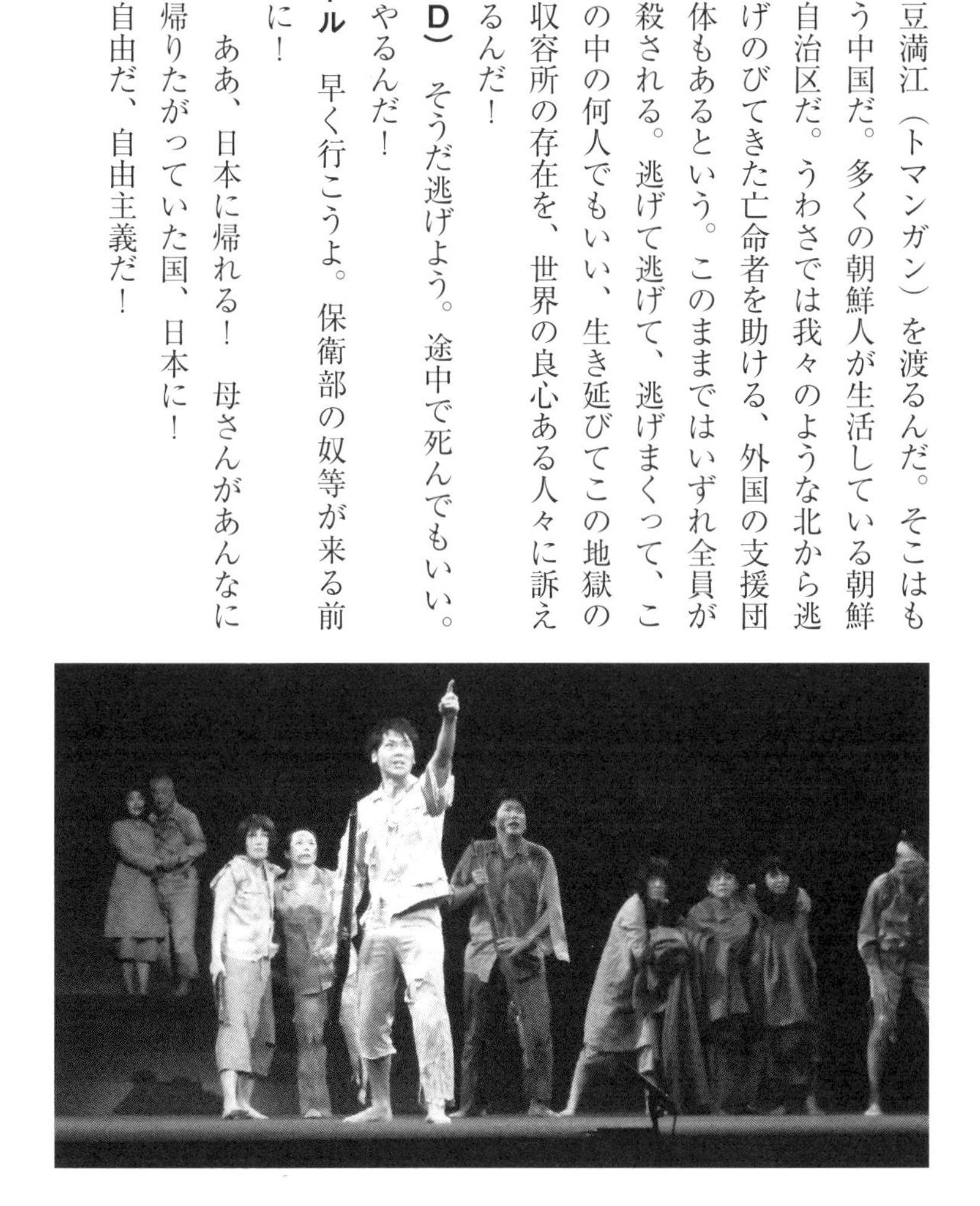

「日本だ！」「自由だ！」「自由主義だ！」と口々に叫ぶ囚人たち。

めぐみが走り来る。

めぐみ　お父さん！　お母さんが、お母さんが……。

滋　めぐみ……。

めぐみ　どうしよう、お母さんがお母さんがいないの！

黄　さあ、みんな行こう。兵営から防寒着と食料を奪って出発だ。自由の日は近い。春はもうそこまで来ている！　豆満江に向かって、突き進め！

「おう！」と応えて進み出す囚人たち。

その時、前方より保衛部隊の銃が連射される。「来たぞ保衛部のやつらだ！」「撃ち返せ！」と応戦するが、次々になぎ倒される囚人たち。それでも、這ってでも前へ進もうとする囚人たち。

後方の丘の上に、母早紀江が囚人の姿で現れる。

早紀江　めぐみちゃん……！

めぐみ　お母さん……！

滋　めぐみ、立つな！　危ない、伏せるんだ！

めぐみに覆いかぶさる滋。銃弾に倒れる。

めぐみ　お父さん！　いや、死んじゃいや！　お父さん。やっと、やっと日本に帰れるのに、こんなところで死んじゃいや！

早紀江　めぐみちゃん、危ない！

めぐみをかばう早紀江の背を数発の銃弾が貫く。

悲鳴を上げるめぐみ。

めぐみ　お母さーん！　会えたのに、やっと会えたのに……あ母さん、お父さん！（泣く）……私も……めぐみも一緒に……。

……しかし、倒れていた早紀江が体を起こす。

早紀江　……めぐみちゃん、めぐみ……、負けちゃだめ……あきらめちゃ駄目！　立って、立ち上がって、歩こう……！

めぐみ　……お母さん⁉

早紀江　めぐみちゃんは強いんだから、負けないんだから、絶対負けないんだから、頑張るの！

滋　（体を起こす）……さあ、行こうか　……。

めぐみ　お父さん……！

早紀江　一緒に帰ろうね……日本へ！

滋　……立ち上がるんだ。

めぐみは両親に支えられ立ち上がる。どこからか、マリの歌う「アベマリア」が聞こえている。倒れていた政治犯たちも立ち上がり前方に向かって歩き始める。（スローモーション）撃たれても撃たれても、何度倒されても、めぐみをかばい、めぐみの盾となって銃弾を浴びながら、前へ進む早紀

江と滋。何度倒れても立ち上がり、前進を続ける人々。吹雪が、燃え上がる火の粉と共に乱舞する。

暗転。

三場

915病院の入院室。夜。木の床に毛布一枚で寝ていためぐみ、絶叫して目を覚ます。同室の小夜が声をかける。

めぐみ　お母さん！（息をつく）

小夜　（その声に目を覚まし）……大丈夫？　めぐみちゃん……。

めぐみ　……うん。

小夜　また日本の夢を見たのね？

めぐみ　……うん。……でも会えた。

小夜　お母さんに？

めぐみ　（頷く）

小夜　よかったね、夢でもいいから、お母さんに会いたい。お父さんにも、お兄ちゃんにも会いたい……早く日本に帰りたいねえ……。

めぐみ　……小夜ちゃん、私たち……もうそのことを口に出すのはやめよう……！

小夜　どうして？

めぐみ　私たちの病気は、望みが叶えられないことからきているのよね。……だったら、もう望むのはやめましょう。

小夜　だって……。

めぐみ　隠すの、心の底の奥の奥に、望みは隠すのよ、隠し続けるの。本当の気持ちはもう誰にも喋っちゃ駄目。私たち日本人同士でさえ口にしてはいけない。そして生き延びるの。私たちをさらって、私たちの自由を奪ったこの国で、晴れやかな顔をして生き続けるの……そしていつか必ず……！　私は負けたくない、

小夜　絶対に、……負けないわ。
めぐみ　……強くなるのね……。
小夜　そう、強くなるの、それしかない、それを教わったの今の夢で。
めぐみ　お母さんから？
……そう。お母さんと、お父さん……。

ドアが開き、看護士が声をかける。

看護士　入院患者番号611リョ・ミョンスク。
めぐみ　……はい
看護士　本日退院だ。
めぐみ　……（立ち上がる）
看護士　荷物をまとめたらすぐに受付に来なさい。（去る）

小夜、美穂、ヨンシル、スクス、ジュンアイがめぐみの周りを囲む。

ヨンシル　良かったね。

スクス　退院おめでとう。

美穂　今日行っちゃうのめぐみちゃん？

めぐみ　……そうよ。

ジュンアイ　いやだ、いっちゃいや。（泣く）

小夜　ジュンアイ、わがまま言っちゃだめ、

ジュンアイ　だって……。

小夜　小夜だって、小夜だって泣きたいよ。でも、おめでたいんだから、泣かないの（泣く）強く、つよくなるのよ私たち。

めぐみ　小夜ちゃん（抱きしめる）……そうよ……私はもう泣かない、決して、だから小夜ちゃんも……。ジュンアイ、早く病気治して、ヨンシル、キンスク、みんな、みんな元気になって。私たちみんな、幸せになるために生まれてきたのよ、……皆、負けないで……！

チョヒニがめぐみのずだ袋を運んでくる。

チヒョニ　同士……トンム……。

めぐみ　（驚いて）チヒョニ……。

チヒョニ （微笑む）

めぐみ ありがとう……。

マリが初めて正常な意識を持って、美しい声で歌いだす。

めぐみ （荷物を受け取り）マリ……、みんな、みんな、本当に元気でね、さようなら。

ジュンアイすすり泣く。金花も虚ろに、しかし穏やかに見送る。マリの歌を背に、部屋を出て行くめぐみの背、白く輝いて……。

暗転。

五幕

一場

早紀江（N）　安明進さんにお会いした九七年に、日本政府が公表した、北朝鮮による拉致被害者は七件十名。でもこの数は氷山の一角で、さらに五十人以上が拉致されている疑いがあるとのことでした。私たちはこの年、拉致被害者家族会を結成。新潟での署名活動をかわきりに、救う会や、拉致議連の方たちのご支援を受けて、拉致被害者救出のための署名活動は全国規模に展開してゆきました。

東京の街角。「北朝鮮による拉致被害者救出の署名活動にご協力お願いします！」「横田めぐみの母でございます！」と街頭にポスターを貼り、たすきがけで声を上げ、署名を募る人たち。横田夫妻、救う会の西岡力、荒木和博。ボランティアの山田直子。立ち止まり署名する主婦や学生。無視して通り過ぎる人たち。そして差し出したチラシを叩き落とす者。

滋　あ、……！　ひどい。

男Ａ　ひどい？　どっちがひどいんですか。あんたたち朝鮮人を差別してるの？
滋　差別なんかしてませんよ。私たちはただ拉致された家族を救い出したくて……。
男Ｂ　証拠はないんでしょう。相手は認めてないんだし。
荒木　それがね、証拠はあるんですよ、ちゃんと。
男Ｂ　本当かね、韓国の謀略だって説もあるんじゃないの。
荒木　それ、よく言われるんですけど、調べてみると違うんですね。
男Ａ　それに日本だって戦前は朝鮮人を日本に連れてきて強制労働やらせたんだからなあ。
荒木　それは違います。戦時中は、朝鮮の人も日本国民であったわけで、徴兵の代わりに徴用という勤労奉仕で……。
男Ａ　あんた右翼？
山田　この人は別に右翼じゃないです、荒木先生といって私の大学の先生です。
男Ｂ　学者？　自衛隊にしか見えねえな。
荒木　光栄です。
山田　いいですか、当時の日韓併合はイングランドとスコットランドのように、国際的にも認められていた合邦だったし、創始改名だって決して強制されたものではなかったの。現にベルリンオリンピック日本代表の金メダリスト、孫禎（ソンキテイ）も、

荒木 日本帝国陸軍の洪（ファン）中将も朝鮮名のままだった。これが歴史の真実なのよ。ねえ先生。

男B 百点。

山田 あんたも家族のだれかが行く方不明なの？

荒木 いいえ、私はボランティアです。

男B 私もそう。

山田 なんだ部外者か？

男B 部外者？

あのねえ、世界には何万人もの餓死者がいるんだよ。アフリカではね、今日も飢えて苦しんで死んでいく子供がいっぱいいるのね、なのにどうしてこの問題ばかりに夢中になるの？　やっぱり差別だよ。

荒木 ……あの、在日の方ですか。

男B 別に、アイアム日本人ですよ。

男A もう行こう。

男B ああ（歩き出す）言ってやったな。

男A ウン、少し言ってやったほうがいいんだよ（去る）

山田 （つぶやく）……アフリカに行け……！

西岡　（やってくる）大丈夫？

山田　あ、西岡先生、大変ですねああいう連中がいると。

西岡　そうですね、でも歴史観の議論はあまりしない方がいいですよ、我々と違う歴史観を持った人たちも味方になってもらわないといけませんからね。

山田　それはそうですが、彼らは歴史を捏造してまでも拉致を正当化させる危険がありますよ。

滋　すみません皆さんにご迷惑かけちゃって、少し休みましょうか？

荒木　いいえ、もう少し頑張りましょう。全国の仲間が頑張っていますから。署名目標二百万を達成して、何としても政府を動かさなくちゃ。

山田　そうです！　国家による犯罪には国家が立ち向かうしかないんですから！

再び署名を募り声を上げる三人。

早紀江（N）　家族会が結成されてから、二〇〇二年の小泉さんの訪朝までの五年間で、全国に三十二の救う会ができ、二百万の署名が集まりました。国民大集会という二千人規模の集会が四回開かれました。しかし、政府側の動きは遅く……。

暗転。

明かりが入ると、外務省ロビー。廊下の長椅子に一人腰掛けている有本恵子の母嘉代子が客席に向かって話し出す。

嘉代子　……八八年、家族会が結成される九年も前のことですが、娘の有本恵子がピョンヤンにいるという手紙が札幌の石岡亨さんの家に来ました。わたし社会党の土井たかこさんのところへ相談に出かけました。秘書の人は聞いてくれたんですが、その後、いくら待っても土井さんからは、なしのつぶてでした。それで上京して外務省をお尋ねしたわけですが、いつまでも廊下の長椅子で待たされた挙句、出てきたお役人の方は責任ある立場の人ではなく、ヒラの職員の方でした。そして私の話を聞いた挙句「国交がありませんので何も出来ません、赤十字に行ってください」という一言でした。

別の闇。次々にスポットに浮かぶ人々の非難の声。

主婦A　あんまり騒がないで！　北朝鮮が怒ってミサイルでも撃ってきたら、あなたたちの責任よ。

評論家A 日本も戦争中は多くの朝鮮人を強制労働させたわけですからね、あまり強いことは言えないわけでして、まずは国交正常化のための経済支援をして、戦前から戦後の賠償金を払って、相手に感謝してもらってから、話し合いで解決していくのが誠実なやり方じゃないでしょうか。

外交官A たった五人や六人のせいで国交正常化交渉が進まないなんて本末転倒ですよ。

女性評論家A どの国の秩序も尊重しなければいけませんね。朝鮮民主主義人民共和国も一人一人の国民、人民の意思が選んだ体制であり、今の国家体制でしかやっていけない理由と必然があるはずです、もしその体制に非があるとしてもそれは歴史の問題として日本にも責任があるわけでして……。いずれにしても内政干渉することは厳に慎まなければなりません。

政治家A 政治家が頑張って交渉しているんだからあんたたち素人が口を出すんじゃないよ。まとまるものもまとまらなくなってしまう。ああ？ 勿論やってるよ正攻法も水面下での交渉も。あのね、そんなに政治に口を出したいなら、そんなところで吼えてないで、堂々と選挙に出て受かってからものを言いなさい！ こっち側に来てみろ！

続けて彼等五人が同時に自分の意見をまくし立てる。同時に喋るので、うるさくて何を

言っているのかわからない。

早紀江（N） 心ない人たちもいました。でも多くの人たちが私たちを支え、応援してくださいました。そのみんなの力が世論を盛り上げ政府を動かし始めたのです……。

拍手。スポットライトの中、講演会場に立つ西岡力。

西岡 私北朝鮮に拉致された日本人を救出するための全国協議会という、大変長い名前の会の幹事をしております、西岡力と申します。よろしくお願いいたします。救う会ではこの度、韓国から安明進（アン・ミョンジン）さんをお招きし、当地新潟をかわきりに東京、柏崎、神戸、鹿児島、福岡で講演していただくことになりました。では早速ですが本日の講演者、安明進さんをご紹介します。安さんどうぞ。

拍手に迎えられて登壇する安明進。

安 アンニョンハシムニカ。日本の皆さんこんにちは、はじめまして、私安明進は北朝鮮から韓国に亡命してきた元工作員です。昨年私は横田めぐみさんのお父さんとお母さんにソウルでお会いしました。そしてお二人とお別れした時、私は声を上げて泣いてしまいました。……私たちの機関が革命のためには良かれと思ってやってきたことが、こんなにも罪のない人々を苦しめている、家族の愛を引き裂いている……。このような善良な人たちを不幸のどん底に突き落としてしまったのかと思うと、涙が止まりませんでした……。私もこれからは自分の良心に恥じない生き方をしたい。そう思いました。そしてこれだけは命の危険があるから言うまいと思っていたことですが……覚悟が出来たので言います……拉致の指令を出したのは、……金正日、本人です。（どよめく人々）金正日が直接指令を下したのです。そのことを私は金正日政治軍司大学の中で学びました……。拉致が本格化するのは七十年代中ごろになってからです……。

暗転。
夕暮れの明かりの中、おんぶ紐で赤ん坊を背負い、一人で歩いて行く女が一人。その後、に早紀江。

早紀江（N）　夢を見ました。そこは私が生まれ育った京都山陰線の小さな町。私は駅にはなかったはずの、長い長いエスカレーターを降りて行きます。すると私の目の先、下のほうに、めぐみによく似た後姿の女性がいます……私は後をつけました……。

早紀江　……あ、そこは私の生まれた家……やっぱり。

めぐみ　ただいま。

早紀江　めぐみ（駆け寄る）めぐみちゃん！

めぐみ　あ、お母さん……。

早紀江　やっぱりめぐみちゃんだった。どうしてこんなところにいるのよ？　あなた大丈夫なの？

めぐみ　うん、元気だよ。

早紀江　早く赤ちゃん下ろして寝かせておやり。あなたも長旅で疲れただろう、お風呂に入ろうね。

めぐみ　うん。

早紀江　先に入ってなさい。

めぐみは家の裏手にある風呂場に消える。ぐずる赤ん坊に子守唄を歌う早紀江。「ねんねんころりよ、おころりよ～」寝かしつけると風呂場に行く早紀江。風呂場から、めぐみと早紀江の声が聞こえてくる。陽が落ちて窓ガラスには母子のシルエットが浮かぶ。

早紀江　お母さんが背中流して上げるね。……やっぱり食べ物が悪かったのね。……栄養が悪いから背中の皮がかさぶたみたいになっている、でもすぐになおるからね……気持ちいい？

めぐみ　うん……とっても。……お母さん……。

早紀江　なあに？

めぐみ　ごめんねお母さん、私ねえ、子供がいるんだよ

早紀江　知ってるわよ、さっき見たもん。

めぐみ　あ、そうか（笑い）

早紀江　いい子ね。

めぐみ　（ほっとして）よかった……。

暗転。

早紀江（N）　家族会発足から六年目の二〇〇二年九月十七日、時の小泉総理がピョンヤンを訪れ、

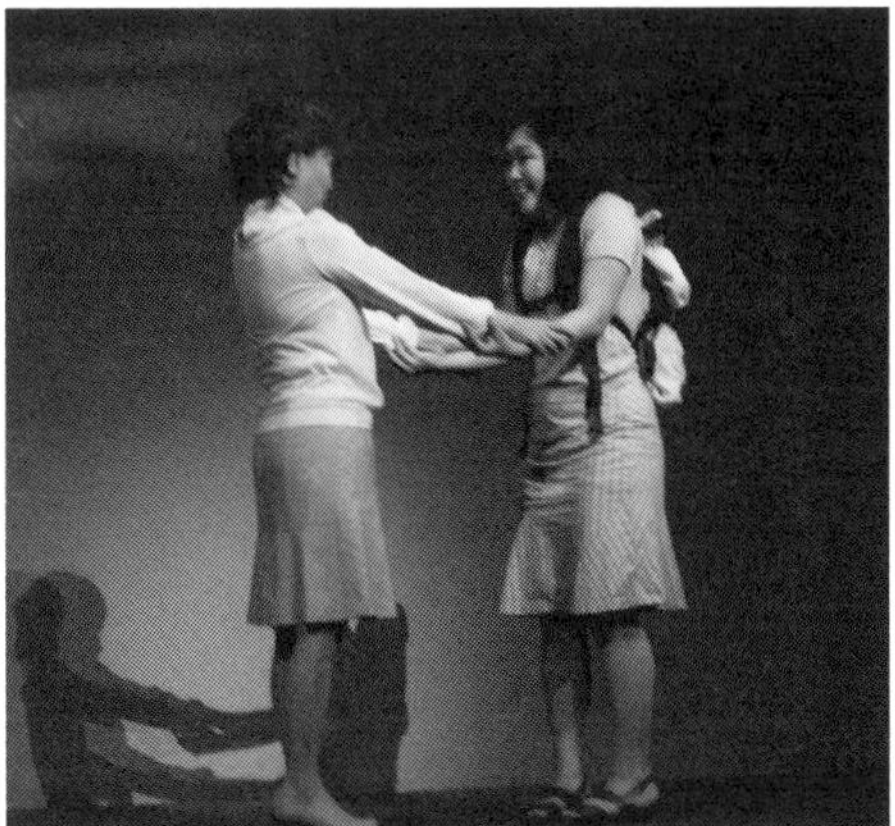

金正日との首脳会談が開かれました。私たち家族は救う会や拉致議連の人たちと一緒に、衆議院第一議員会館の会議室に集合しました。

二場

衆議院議員第一議員会館会議室。拉致被害者家族、救う会メンバーたちが集まっている。横田夫妻と成人した哲也と拓也。

哲也　お母さんの夢、正夢になるといいね。
早紀江　ほんとね。
拓也　縁起がいいな。
滋　期待するなっていうのは無理だよね。
早紀江　ああ、もしかしたら、もうすぐめぐみちゃんに会える……！（手を合わせる）

有本嘉代子、増元照明、蓮池透たちが近づいてくる。

有本　今日は横田さん、今日もよろしくお願いします。

早紀江 こちらこそ。あ、増元さん、蓮池さん、今日は。

増元 今日は。いやあじっとしていられませんね。

有本 もうどきどきですわ。

蓮池 でもあまり信用しない方がいいですよ、政府のやることは。

滋 たしかに、あまり期待してはいけないんですけどね。見つからなかった時の失望が大きいから。

有元 そやけど、いいことだけを考えていた方がいい結果になるんやてよ。

蓮池 飯塚さん、田口八重子さんのお兄さんは矢張り見えてないようですね？

増元 勤め先で連絡を待つとのことです。あの方は養子として育て上げた八重子さんの息子さん、耕一郎君のことを気遣って、今のところ表に出る気はないようです。

滋 そうですか……。

早紀江 耕一郎君は一歳、上のお姉ちゃんが三歳の時に、突然お母さんを奪われたんですからねえ……。

有本 八重子さんさえ帰ってくれれば、大丈夫、上手くいきますよ。

早紀江 実の親子ですものね、会って抱きしめてもらえばいっぺんで二十年以上の距離が縮まりますよ。

増元 そうなって欲しいですね。

有本　信じましょう。総理大臣が直接行ってくれてるんやから。
増元　そうです、日本を信じましょう。

西岡力と荒木和博が来る。

西岡　皆さん、首相官邸から連絡が入りまして、これから外務省の飯倉公館に向かってもらうことになりました。そこでご家族の安否情報の伝達があるそうです。
増元　飯倉？　荒木さん一体どういうわけですか？
荒木　実は昨日も同じ申し出があり、断ったのですが、どうしても来て欲しい、全員の消息を伝えると言い張っておりますので、もめていても仕方ないですから、ご足労願います。表にバスが待っていますので。

立ち上がる家族たち。期待と不安に満ちた表情で部屋を出て行く。

暗転。

早紀江（N）　飯倉公館に呼ばれた私たちは、そこで福田官房長官と植竹副大臣から、子供たちの死の宣告を受けたのです。……その結果、地村保志さん、富貴恵さんのご夫婦、蓮池薫さん、祐木子さんご夫婦。そして日本側からは拉致者のリストに入っていなかった曽我ひとみさんの五名が生存。……横田めぐみ、有本恵子さん、石岡亨さん、市川修一さん、松木薫さん、原タダアキさん、増本留美子さん、田口八重子さん　の八名は死亡。他の方は領域内に入っていない……という結論でした。

凄まじいカメラのシャター音とフラッシュで溶明。記者会見場。安否情報伝達後で、めぐみさん死亡の発表を受けた直後に記者会見する、横田夫妻と拉致被害者家族たち。

有本　（泣きながら）西岡先生！　恵子は、日本に手紙を出したから殺されてしまったんですかねえ？　ねえ、西岡先生！

西岡　……わかりません。（泣いている）力になれなくて本当に申し訳ありません。……（マイクを持ち）お待たせしました。では始めます。横田滋さんからお願いします。（マイクを渡す）

滋　私はあの、良い結果が出ることを楽しみにしていました。う……。しかし、結果はあの……う、（咳き込む）し、死亡という……残念なものでした。……我々はこの死亡という結果を、し、信じることは出来ません……（話を続けられなくなる）。

早紀江　（マイクをとる）横田めぐみの母です。……このように日本の国のために犠牲になって苦しみ、また亡くなったかもしれない若い者たちの心の中を思ってください。……このことは日本にとって本当に大事なことでした。北朝鮮にとっても大事なことです。……そのためにめぐみは犠牲になり、また使命を果たしたのではないかと信じています！　……人は皆いずれは死んでゆきます。めぐみは、本当に濃厚な足跡をのこしていったのではと思うことで……（その目に力が宿る）こんないつ死んだかもわからないような、そんなこと、信じることはできません。私は頑張ってまいります！　皆様とともに闘ってまいります。めぐみが、まだ生きていることを信じて闘ってまいります。……今までめぐみを愛してくださった皆様に、心から感謝します！

暗転。

早紀江（N）　家族会全員に情報が伝えられた時、生存を確認できた家族の人たちが、私たちの気持ちを思い、「こんな酷いことがあるか！」と号泣してくれました。……しかし、私たち死亡とされた者の家族は、泣き崩れてはいけないのです。それを見てほくそ笑むのは金正日なのですから。……その翌日のことです！

三場

翌日。外務省会議室。横田夫妻、哲也、拓也、蓮池夫婦、荒木和博救う会事務局長がテーブルを挟み、外務省の梅田公使、平山賢司課長と対面している。

荒木　梅田公使、私たちはあなたはまだピョンヤンにいるとばかり思っていましたよ。被害者たちの生死の情報を確認するためにね。

梅田　私は明日ロンドンに戻らなければいけないものですから。

荒木　そんなに急いでロンドンに帰る必要はないでしょう、国民の命の問題なんですよこれは。それにあなたが日本に帰っているというので、朝から蓮池透さんや平沢先生があなたを探しまくっていたのにアポが取れたのはさっき、五時半ですよ。何していたんですか？

梅田　買い物です。……日本の携帯を持っていないもので……。

滋　本題に入りましょう。昨日聞いた八人死亡のニュース、今朝安倍副長官にお聞きしたら、まだ何も確認が取れていないというじゃありませんか、本当のところどうなんです？　梅田公使、あなたが生存者にお会いになったんですよね。

梅沢　そうです、私が会いました。

早紀江　安倍さんはどうして一緒じゃなかったんですか？

梅田　先方が嫌がったものですから。

蓮池　薫たちがですか？　そんな馬鹿な、彼等は安倍さのことも、あなたのことも知りませんよ。

梅本　……（無言）。

滋　とにかくあなたが、梅田公使が蓮池薫さんや地村さんに会った。その方たちが本人であるという確認は　したんですか？

梅田　確認というと？

滋　写真を撮るとか、テープレコーダーで肉声をとるとかです。

梅田　そういったものは持っていかなかったものですから……。

蓮池　ならせめて筆跡を鑑定できるように家族への伝言を書いてもらうとか。

梅田　……。

蓮池　何もしてないんですか。

梅田　横田めぐみさんのお嬢さんという人に会った時、バトミントンのラケットを見ました。横田の田という漢字が確かに見えました。

哲也　田の字だけですか、

拓也　死亡は確認してないんですね？

梅田　はい、確認は未だしていません。

蓮池　有本さんや増元さんたち死亡とされた人たちの関係者には会いましたか？

梅田　いいえ。

蓮池　一人も？

梅田　はい。

蓮池　つまりあなたは、北朝鮮が八人死亡と紙に書いたから、そのまま八人死亡と伝えているだけなんですね？

梅田　……。

早紀江　（激昂する）こんな、こんなに軽く見ているんですか？　こんなに簡単に扱うんですか？　人の命を！　あなた方は、私たちがどんな思いで子供たちを探してきたと思っているんですか！

蓮池　全く、ガキの使い以下だな外務省は、総理は何を考えているんだ、そんないいかげんなことでピョンヤン宣言なんか出して！

荒木　情報の伝達は誰がやったんだ。直ぐ訂正しなさい。すぐにだ！　今田中局長が生テレビに出ているからそこで訂正させるんだ！

梅田　……。

平山　（梅田に）どうしますか？

梅田　ちょっと、上司と相談してきます。（部屋を出て行く）

しばし沈痛な間。

荒木　……わかりましたよ。

滋　え？
荒木　横田さん、蓮池さん。……政府、外務省は拉致問題の幕引きを狙っています。
蓮池　幕引き？
哲也　何のために？
荒木　国交正常化を進めるため、華々しい外交の成果を上げるためでしょう。
拓也　そんな……まさか！
蓮池　……でも、今までもこの問題を無視し続けてきた政府のことです……、あり得ることです。
滋　しかし北は、どうしてこの、めぐみたち八人を死亡としたのでしょう？
荒木　（一つ一つの事実を冷静に分析し始める）死亡とされた八人は、安明進と金賢姫の目撃証言に出てくる人ばかりです。あの二人は北の工作員として非常に細かい機密まで暴露している。さらに二人は著書の中で、大韓航空機爆破事件や拉致の指令が金正日自身の口から出たことをはっきりと書いてしまった。だから今まで、北はあの二人が北朝鮮に存在していた事実さえ否定してきたわけです。……だから当然彼等二人が目撃している拉致日本人を日本に帰す訳には行かない。……めぐみさんや田口八重子さんを日本に返してその証言が、安明進、金賢姫の書いていることと一致したら、金正日が正真正銘のテロリストであり、無慈悲で残虐な独裁者である事

蓮池　実が世界中に証明されてしまう！
荒木　政府はそれをわかっていながら……！
早紀江　うむ……。
荒木　めぐみは……？
生きています。それにこんな情報もあるんです。一昨年鹿児島放送の番組で、ある脱北者が九六年から九九年にかけてめぐみさんと奥戸さんを目撃していたと証言しているのです。この情報は韓国の情報当局も事実だと判断しました。だから生きています。めぐみさんも、田口八重子さんも他の皆さんも生きていますよ！
早紀江　そうですか！
滋　向こうが死亡というのならその原因や、日にちを、証拠を提出してもらいましょう。
荒木　平山課長、記者会見場をお借りしたい！
平山　上司に聞いてみませんと……（退室する）。
拓也　そういえば梅田公使遅いですね。
荒木　戻りやしないよ、今のあいつもな。

携帯を取り出し新聞社に片っ端から電話をかける二人。

荒木　産経さん？　社会部安倍雅巳さんお願いします。救う会の荒木です……。ああ安倍さん……。

蓮池　もしもし、私拉致被害者家族会の蓮池と申しますが……。

滋　ええ報道部石高さんにつないで貰えますか？　はい、横田と申します。よこたしげる……。

哲也、拓也たちも気をとりなおし、携帯電話をかけ始める。

暗転。

エピローグ

闇の中に一人立つ滋。客席に向かって語り掛ける。

滋

こうして私たちの新たなる戦いが始まったのです。しかしその後も、偽の死亡証明書や偽の遺骨を送ってきたりと、彼らには誠意のかけらもありません。あれから十一年。めぐみが新潟で拉致されてから三十七年。私たち拉致被害者家族は日本中で救出を訴え、外国を回り、アメリカではブッシュ大統領にもお会いしました。北朝鮮では若い指導者による新しい体制ができました。救出を求める署名も遂に一千万に達しました。……しかし現実にはあれからまだ一人の拉致被害者も帰って来てはいません。

……ある日突然うちの娘が、いたいけな何の罪もない子供が誘拐された。それきりあの笑顔を見られなくなった。今も耳に残る愛らしい声が聞けなくなった。やわらかい手を握れなくなってしまった。そしてやっと犯人がわかった。監禁されている場所もわかった。それなのにどうして、どうして取り返すことができないのでしょうか……。

私はもう八十になりました。でも闘い続けます。そして必ずめぐみと、孫のヘギョンをこの腕に抱きしめたい。……私はめぐみの生存を信じて、日本人を信じて闘い続けます。この命がある限り……。

遠くからクリスマスの音楽がかすかに聞こえてくる。此処は教会の中だろうか、深い闇の中、小さな光の輪の中に膝まづき祈る早紀江の姿。

早紀江（N） 私は裸で母の胎内を出た。また裸でかしこに帰ろう、主は与え　主はとられる……。

（祈る）……めぐみがいなくなってから毎日大声で泣き叫び死ぬことばかりを考えていた私を救ってくれた神様、こうしてお祈りしている時だけは、めぐみも傍にいて、一緒にお祈りしているような暖かい気持ちが致します。……私たちは時には、心底疲れ果ててしまうことがあります。けれどめぐみと、日本からさらわれた多くの子供たちが救いを求め、今も心の中では叫んでいる限り、私たちはどんなことがあっても倒れるわけにはいきません。……どうか神様、私たちに力をお与え下さい……。

よく見ると暗闇の中にも早紀江と同じように祈りを捧げる多くの人々がいる。
やがてパイプオルガンの音が聞こえてくる。早紀江立ち上がり賛美歌を歌う。周りの人たちも立ち上がり顔を上げ歌い始める。歌と共に場内は次第に明るくなり、やがて会衆の人たちの顔がはっきりと見えてくる。……と、そこに田口八重子の姿がある。有本恵子、増元るみ子、市川修一たち八人の顔が見えてくる。……早紀江の両側には、めぐみとヘギョンちゃんが寄り添うように立ち歌っている。小夜をはじめ百人を超える特定失踪者たち全員が歌う。晴れやかに、力強く、愛に満ち、希望にあふれて。

——静かに幕が下りる——

キャスト

横田滋――原田大二郎
横田早紀江――石村とも子
横田めぐみ――森本優里
田口八重子――上島尚子
金賢姫――棚橋幸代
梅花――中西琴
小夜――栗原有希
シンガンシュン――倉田秀人
キム隊長――左羽英
荒木和博――多田広輝
石高健二――藤井弘平
工作員丙――稲村幸助
安明哲――原田晃希
ジュンアイ――星いくみ
他。

スタッフ

作・演出――野伏翔
照明――小林秀子
美術――浅井裕子
音響――古川学
舞台監督―工藤静雄
制作――石村昌一
企画制作――劇団夜想会

写真提供――上島嘉郎

野伏翔（のぶし　しょう）

演出家・映画監督　劇団夜想会主宰
昭和２７年茨城県古河市生まれ。獨協大学外国語学部英語学科卒。文学座演劇研究所卒。シナリオセンター卒。趣味　トランペット、武道。

（主な演劇演出作品）
「リア王」滝田栄他＝シアターアプル
「リア王」横内正、土屋アンナ、小松正夫他＝三越劇場
「ミュージカル　セーラームーン」大山アンザ他＝ユーポート～全国
「天国から来たチャンピオン」藤村俊二、別所哲也、川上麻衣子他＝シアターコクーン～全国
「るつぼ」荻野目慶子、山本亘他＝紀伊国屋サザンシアター
「俺は君のためにこそ死にに行く」石村とも子、荒川智大他＝靖国神社野外劇
「めぐみへの誓い―奪還―」原田大二郎、石村とも子他＝全国３４か所

（主な映画昨品）
「MUSASHI」宮内敦士、室田日出大他
「ガッツ伝説」ガッツ石松、麻生祐未他
「初恋・夏の記憶」多岐川華子、石黒賢、竜雷太他
「とびだせ新選組」小野寺昭、新垣里沙他

めぐみへの誓い

平成三十年十月二十日　第一刷発行

著者　野伏　翔
発行人　藤本　隆之
発行　展　転　社

〒101-0051 東京都千代田区神田神保町2-46-402
TEL　〇三（五三一四）九四七〇
FAX　〇三（五三一四）九四八〇
振替〇〇一四〇―六―七九九九二

印刷製本　中央精版印刷

乱丁・落丁本は送料小社負担にてお取り替え致します。
定価［本体＋税］はカバーに表示してあります。
ISBN978-4-88656-466-5